248

JACQUES YVEL

Demi-Femme

Roman moderne

Librairie
des
Romans Choisis
94, Avenue de la République, 94
PARIS

Jacques YVEL

DEMI-FEMME

PEMIERE PARTIE

I

Darthez côtoya l'Eure, rivière pour rire, depuis sa sortie de Saint-Prest jusqu'au moulin de la Plâtrière.

Un peu las, il s'arrêta, jeta un long regard sur le paysage environnant, le trouva propice à l'étude, bien en lumière.

Ayant installé son chevalet, chaviré de ses fortes épaules, il s'assit sur un pliant, les jambes presque dans l'eau, très basse en cette fin de juillet desséchante.

Maintenant, la palette en main, avant d'esquisser l'ébauche d'où sortira peut-être le chef-d'œuvre futur, il se laisse entraîner au fil d'une rêverie où passent des images lointaines, des images de son enfance drapées de couleurs de deuil.

Fils d'un médecin de campagne et d'une paysanne, Georges Darthez avait vu ses jeunes années s'écouler dans une morne tristesse. En faisant appel à ses premiers souvenirs, il revoyait la maison paternelle, là-bas, au pays pyrénéen, la maison morte de Tarbes, avec ses apparences de cloître : il se retrouvait garçonnet aux boucles soyeuses, le front collé à la vitre de sa petite chambre toute tendue de blanc, comme un nid de jeune fille.

Il revoyait son père, avec sa taille de tambour-major, son visage très dur envahi par la barbe, visage jaunâtre de descendant des Ommiades, où, parmi du noir, une bouche fermée au rire mettait sa tache sanglante.

Entre ses parents, la sympathie existait seulement pour la forme, le docteur considérant d'un œil mauvais un avenir gâté par une imprudente mésalliance ; sa mère, aux idées étroites, prud'hommesques, humiliée, écrasée sous cet homme supérieur qui l'avait épousée par calcul, alléché par une dot rondelette.

Le docteur, du reste, n'avait pas tardé à se repentir de ce choix irréfléchi, car, bientôt, à la désunion morale, s'en ajoutait une autre, plus intime, qui devait les séparer à tout jamais de corps.

Tout de suite après la naissance de son fils, Mme Darthez avait subi une opération douloureuse qui la forçait pour toujours à faire lit à part.

Plus tard, son père mort d'un transport au cerveau, Georges se retrouvait au lycée où, bientôt, sa vocation s'indiquait très nette.

Mme Darthez avait beaucoup pleuré le jour où son Georges avait manifesté l'intention d'aller compléter ses études artistiques à l'Ecole des Beaux-arts.

Paris ! Ce mot était tout au monde pour la brave femme, un monde de fièvre, de séductions malsaines auxquelles son chéri ne résisterait pas.

Et puis, ce titre « d'artiste » évoquait à ses yeux un je ne sais quoi d'irrégulier, de pas correct, une vie à la diable, dégagée de toute

morale et de tous préjugés, une indépendance de mœurs et de caractère dont la seule appréhension la faisait frémir d'horreur.

Mais Georges tenait de son père une volonté tenace, infrangible,
qui lui permit de triompher de cette première résistance.

Il partit, bien lesté d'argent et de conseils.

Il avait hâte d'arriver dans la grande ville, jetant à peine un
regard distrait sur les paysages déroulés dans la fuite du train. Il
était tout à un autre spectacle, au spectacle intérieur de ce Paris dont
il attendait des émotions toutes neuves.

Admis dans l'atelier de Cornat, il fut longtemps avant de s'accli-
mater aux manières débraillées des rapins ; les brimades stupides
lui firent monter au cœur des ferments de révolte, mais il eut la force de maîtriser ses nerfs, subissant les grossièretés de corps de garde sans se plaindre, convaincu qu'au bout de sa mansuétude se trouverait une récompense qui payerait amplement sa docilité de mouton
devant toutes ces saletés.

Son étoile ne l'avait pas trompe. Au bout de trois ans d'études as-
sidues, logiste pour la première fois, il emportait d'emblée le Grand-
Prix de Rome, et, léger comme un oiseau, il partait pour l'Italie.

De son séjour à la villa Médicis, il rapportait une « Vision d'Au-
gustule » où, dans un décor d'apothéose, apparaissait au plus dégé-
néré des empereurs tout le panache passé de l'histoire romaine.

Cette toile fut copieusement épluchée par les grands pontifes de
l'art officiel.

Georges ne s'en affecta pas outre mesure, mais, lâchant momen-
tanément l'histoire, il se tourna vers la nature, maîtresse captivante
et ensorceleuse. Il la vit avec des yeux d'amant, avec des yeux de
poète : il en traduisit le charme inconnu des barbouilleurs, il en de-
vina le mystère ignoré des grands confrères, membres de l'Institut.

Aussi bien, dès l'année suivante, sa « Vallée du lys », un des
plus majestueux paysages pyrénéens, arrachait des cris d'admiration
à tous les connaisseurs.

L'artiste avait trouvé sa voie : il continuerait la tradition des Corot et des Millet, mais sans esprit d'imitation, en imprégnant son
œuvre d'une philosophie personnelle, souvent amère, mais toujours
profondément humaine.

II

Maintenant absorbé tout entier par son ébauche, Georges Darthez n'a pas entendu un léger bruissement du gazon, comme le gémissement des pâquerettes et des boutons d'or meurtris sous un pied mignon ; il n'a pas même eu la sensation d'une haleine plus suave qu'un parfum de muguet effleurant sa chevelure. Et, tout à coup, dans le grand calme, une voix limpide et fraîche comme un matin d'avril se fait entendre, naïvement étonnée :

— Mon Dieu ! que c'est donc joli !

Cette fois, le peintre détourne la tête, plutôt fâché d'être surpris par un indiscret, et ses yeux se croisent avec deux yeux qui semblent deux pervenches dérobées au tapis de verdure.

Une jeune fille, dix-sept ans à peine, se tient debout devant la toile, dans une attitude d'étonnement presque comique. Elle est délicieusement jolie, avec son visage diaphane encadré de cheveux fauves, dans la grâce de son sourire. Effrontée, elle va, vient, autour du chevalet, renverse la tête en arrière, contemplant la peinture naissante, puis reportant son regard vers le panorama offert, comme si elle s'efforçait de deviner, dans l'éclosion de l'œuvre, le motif encore vague et indécis. L'œil exercé de l'artiste s'explique facilement l'audace de la visiteuse inconnue.

Elle a dû venir par le sentier de chèvres qui court au flanc d'une colline où se dresse, ingénieusement restauré, un manoir moyenâgeux avec ses assises coulées dans le roc et la flèche de son donjon qui pointe, hardie, vers le ciel. Souvent, dans ses promenades, il a remarqué ce château perché comme un nid d'aigle, dominant toute la contrée. Et, chaque fois, il a évoqué, dans son imagination de poète farcie de vieilles légendes, tout un passé retentissant du choc des armures, des clameurs de batailles.

La jeune fille, devant la stupéfaction du peintre, sentait croître son audace. Elle jeta de sa voix claire :

— Voulez-vous me permettre, monsieur, d'admirer votre paysage ? J'aime beaucoup la peinture... la bonne, ajouta-t-elle en manière de correctif, et si cela ne vous ennuie pas trop...

Darthez, encore un peu bougon, renvoya du bout des lèvres :

— Pourquoi voulez-vous que cela m'ennuie ?

Elle se contenta de cette vague réponse, continua son examen ; puis, au bout de quelques instants :

— Si j'osais, monsieur, je vous poserais quelques questions... mais vous allez me trouver bien indiscrète, bien... américaine.

— Du tout... du tout !... interrogez-moi.

Il en prenait décidément son parti, voyant bien qu'il avait affaire à une entêtée qui ne lâcherait pas prise facilement. Il se tourna tout à fait vers elle, son visage hâlé mis en pleine lumière par le soleil déjà haut. Et ce fut d'un sourire très affable qu'il fit les honneurs de son coin de paysage.

— Je regrette vivement de n'avoir pas de siège à vous offrir, mademoiselle. Cependant si mon pliant peut vous agréer...

— Merci ! je préfère rester debout, cela ne me fatigue pas, et d'ailleurs, je verrai bien mieux.

Maintenant, dites-moi, je vous prie, ce que vous peignez.

— L'horizon là-bas, derrière ce bouquet d'arbres.

— Ah ! oui ! j'y suis... mais le bouquet d'arbres, qu'en avez-vous fait ?

— Il me gênait, je l'ai supprimé !

— Comment ! ce qui vous gêne, vous le supprimez ?

— Oui ! mais j'ajouterai autre chose.

— Quoi donc !

— Je ne sais pas encore, mon ébauche n'est pas terminée.

— Mais votre toile est déjà toute couverte et il serait difficile d'y faire entrer une libellule, à plus forte raison un bouquet d'arbres.

— Ce que j'y veux mettre n'est ni un végétal ni même un insecte, ni rien qui tienne de la place.

— Un rayon de soleil, alors ?

— Justement ! un rayon de soleil. Et, ma foi, j'ai toujours le temps de le placer.

— Mais comment entrera-t-il dans votre toile ?

— Par les yeux de l'âme, car ce rayon dont je parle n'est qu'un symbole, une image : c'est le sentiment, l'harmonie de mon œuvre.

— Ah ! c'est bizarre ! Au cours de dessin, mon professeur, qui a pourtant un grand talent, ne m'a jamais appris cette façon de voir et de reproduire les sentiments.

— Cela ne s'enseigne pas, mademoiselle, cela se devine.

La jeune fille n'écoutait plus, elle poursuivait sa pensée.

— Mon professeur, c'est M. Tourtereau. Le connaissez-vous ?

— Beaucoup !... un grand talent en effet.

— Eh bien ! le croiriez-vous ! Il me fait esquisser de vilains nez longs comme ça, des yeux qui vous regardent de travers et des bouches qui ne sourient jamais, comme mortes. Ce n'est pas toujours amusant, allez.

— J'en conviens ! Pourtant il est nécessaire, indispensable de commencer par là.

— Mais, j'y pense, ce n'est pas la nature que vous reproduisez, puisque vous en supprimez des choses qui vous déplaisent ; ce n'est pas non plus la vérité que vous exprimez, puisque vous y mettez des choses intérieures que tout le monde ne voit pas.

Il répondit, d'un petit ton pincé.

— Je ne suis pas photographe, mademoiselle. C'est aux photographes — et il y en a beaucoup — à décalquer la nature réelle.

Cependant, si vous croyez que la vérité consiste dans cette ligne bossue d'arbustes, sans symétrie et sans harmonie, dans le ruban moiré de cette eau calme, ou dans la silhouette du moulin qui tend ses bras suppliants si vous croyez cela, vous vous trompez joliment.

— Alors, où la prenez-vous, la vérité vraie ?

— Je ne saurais vous dire exactement. Je la compose, comme vous l'avez fort bien remarqué, de ce que je vois intérieurement, de ce que je sens, de ce qui pénètre mon âme. La vérité absolue n'existe pas, l'effort de l'artiste y tend sans cesse, mais son intelligence ne l'atteint jamais. Il cherche à s'en rapprocher le plus possible, et quand il croit l'avoir fixée dans sa palette, couchée sur sa toile, il a fait œuvre d'art, dans le sens philosophique du terme.

Mais je vous dis là des choses qui n'ont pas grand intérêt pour le commun des mortels, et qui sont peut-être au-dessus des conceptions d'une jeune fille de votre âge, car vous me paraissez bien jeune.

Elle se redressa en une fierté.

— J'aurai bientôt dix-sept ans, monsieur, et j'adore la philosophie. C'est vous dire que vous ne m'avez pas ennuyée une seule minute. Mais, encore un mot, je vous prie. Tout à l'heure, vous vous êtes servi d'expressions dont je ne saisis pas bien la corrélation : l'art et l'intelligence. Comment ces deux expressions peuvent-elles s'aller, et quel est leur rapport ?

— Oh ! il est très étendu ! Sachez donc que l'artiste n'est qu'un certain exemplaire du type humain, et que l'homme n'est que le miroir où se réfléchit la nature créée. Rois et vilains, poètes et bergers sont le même homme travaillant, sous des costumes divers, et dans des conditions différentes, à l'accomplissement du même dessein. Mais tous les hommes ne marchent pas d'une ardeur égale vers la fin divine ; presque tous se complaisent aux apparences, croyant se trouver dans le sentier de la vérité. Le petit nombre s'efforce, à travers la solitude et l'ombre, d'aller au vrai deviné par l'âme.

— Et vous êtes de ceux-là ? interroga anxieusement la jolie visiteuse.

— Je m'y efforce de tout mon pouvoir.

Elle resta songeuse. On voyait que, dans sa tête frêle, ces aperçus nouveaux sur l'esthétique avaient mis un chaos qu'elle ne parvenait pas à débrouiller.

— Décidément, dit-elle, vous êtes un peintre peu ordinaire. Vous m'avez parlé de choses fort intéressantes, et pourtant, je ne suis pas sûre de les avoir bien comprises.

— C'est vous qui l'avez désiré, il ne faut donc vous en prendre qu'à vous-même si je vous ai obligée à un travail d'esprit trop considérable.

— Oh ! je ne vous fais pas de reproches, je vous remercie, au contraire, d'avoir bien voulu perdre, en bavardages avec une inconnue, un temps précieux.

En ce moment, la cloche du château sonna à toute volée. La jeune fille tressaillit. Georges se leva, s'inclina.

— Il faut partir, mademoiselle, la cloche du déjeuner vous appelle.

Elle eut un geste effaré.

— Vous savez donc qui je suis ?

— Je l'ai deviné à votre costume qui n'est pas celui d'une paysanne, et à votre culture intellectuelle qui est celle d'une jeune fille du monde. Et, vous savez, ajouta-t-il en riant, je ne suis pas sorcier.

— Tenez, conclut-elle, vous êtes un homme étonnant, un homme extraordinaire, vous devinez tout.

Il y avait comme une amère raillerie dans cette déclaration. Georges répondit du tac au tac.

— Il y a une chose pourtant que je ne comprends pas, que je ne devine pas, c'est la raison pour laquelle vos parents vous laissent sortir sans gouvernante, et courir toute seule les grands chemins.

— Ah ? c'est que je suis un sauvageon, voyez-vous, j'ai été élevée en pleine terre, et je me moque bien des conventions mondaines.

— Cependant...

— Je fais tout ce qui me plaît, et jamais personne n'a contrarié ma volonté... personne, entendez-vous, pas même mon père ni ma mère.

Elle ébaucha un gentil sourire, pour mitiger peut-être l'expression audacieuse de ses dernières paroles, murmura, gamine :

— Au revoir, monsieur le philosophe. Je reviendrai vous ennuyer, si vous le permettez.

Le peintre salua, très raide, tandis que la jeune fille, après un gracieux hochement de tête, s'enfuyait par le petit sentir abrupt, sautillante comme une bergeronnette.

— Étrange petite fille ! dit-il en se remettant au travail. Mais plus il y pensait, moins il comprenait l'impardonnable légèreté des parents qui laissaient ainsi leur héritière courir toute seule les grands chemins, au risque des pires attentats. Il conclut enfin par la sentence prud'hommesque des gens embarrassés.

— Il y a quelque chose là-dessous que je ne m'explique pas.

Il reprit ses pinceaux, mais il n'avait plus le cœur à travailler. Il regrettait à présent cette heure perdue, la meilleure de la matinée, à bavarder avec cette fillette étrangement jolie. Oui ! mais que lui importait, à lui qui aimait ailleurs ? Et, brusquement, il se trouva ramené de deux ans en arrière. C'était l'époque où, après son triomphe du Salon, il se voyait surchargé de commandes, où toutes les belles madames le suppliaient de les portraiturer. C'est alors qu'il avait connu la jolie Mme Winter, veuve à vingt ans du fameux Joë Winter, de Chicago, le « roi des grains ». Il revit la capiteuse blonde dans son salon de l'avenue de Villiers, parmi les fleurs qu'elle adorait, des orchidés d'un prix fou dont les grands horticulteurs des environs de Paris la fournissaient toute l'année. Il se souvint des longues séances de pose coupées de papotages sur l'art que Renée égayait de son joli rire perlé. Comment, lui, le farouche, l'austère Darthez avait-il osé déclarer son amour à cette reine des salons ? Il ne savait plus, il ne voulait plus savoir. Il se rappelait seulement le premier baiser échangé, cette ivresse inoubliable de l'âme et des sens qui les avait soudés l'un à l'autre, dans une pâmoison, cette ivresse dont ils étaient comme honteux ensuite, tels des enfants qui auraient commis un vilain péché. Depuis, ils n'avaient pas cessé de se voir, de s'aimer, tantôt à Paris, tantôt à Chaville, à la villa des Loriots, le pittoresque cottage de Mme Winter.

Il avait fermé les yeux pour revivre par la pensée les délicieux mois écoulés ; mais son imagination tourmentée lui offrait, au lieu de la brillante image de Renée, l'image éthérée de cette jeune fille qui avait voulu connaître le secret de son idéal d'artiste.

Ah ! ça, il n'allait pas penser toujours à cette gamine ! Trop intelligente, d'ailleurs, cette petite, trop fin-de-tout !

Et puis, quel besoin le mordait de chercher des affections nouvelles ? Renée n'était-elle plus là ? Renée qui l'aimait follement ! Mais il lui semblait maintenant que son amour, à lui, se détachait lentement, comme l'eau qui s'enfuit goutte à goutte d'un vase fêlé.

Bien sûr, il ne ferait jamais la bêtise suprême d'épouser sa maîtresse. Et, cependant, en y songeant bien, n'était-ce pas la femme qu'il lui fallait, la muse aux yeux de soleil, aux lèvres de caresse, la bonne fée qui lui cacherait de ses doigts roses le sombre de la vie ?

Non !—non ! il devait chasser cette vision souriante, il devait chasser toutes les visions du bonheur éternel à deux ; il fallait que jusqu'au bout il fût conséquent avec ses principes de n'avoir d'autre maîtresses que l'art.

Et il murmura, comme en rêve.

— L'art !... l'art !... voilà la passion de ma vie !

Il plia son chevalet, rangea sa palette et ses couleurs, reprit le chemin de Saint-Prest.

Le soleil incendiait les saules du bord de l'eau, et ces vieillards trapus prenaient des airs de vieux beaux, redressés sous l'éclatante lumière. Tout près, dans un petit bois, fauvettes et pinsons chantaient, au concert à ciel ouvert, leurs romances sentimentales ; même les insectes bruissaient amoureusement, toute la nature enfin, autour de lui, exultait la joie, le bonheur de vivre ; lui seul restait maussade, presque triste. Il avait entamé ce refrain d'atelier, en vogue à Montmartre :

> « Quand on veut êt' modèle
> Chez les rapins,
>)Suffit pas d'être belle,
> Faut prend' des bains. »

Mais il avait beau fredonner, sans conviction :

> « Faut prend' des bains. »

Il n'arrivait pas à se mettre au diapason des choses, à prendre un bain de gaîté. Malgré lui, l'image entrevue dansait devant ses yeux. Il revoyait les soyeuses boucles d'or fauve caressées, baisées par la brise, les grands yeux fouilleurs, la bouche moqueuse. Il s'en voulut à la fin, car, en somme, c'était stupide, ridicule.

— Il faut pourtant que j'oublie cette apparition !
Bah ! je ne retournerai plus là-bas.

Le lendemain, en effet, il resta enfermé comme une taupe dans la demeure paysanne où il prenait pension. Il ranga des esquisses, emprunta le seul bouquin de la maison, et se plongea à tête perdue dans les insipides « Aventures d'une femme du monde ». Mais l'ennui le travaillait, il lisait des yeux sans essayer de comprendre, et la journée lui parut mortellement longue.

Le soir, il trouva le dîner exécrable, déclara le vin une piquette infâme, et se coucha, mécontent de tout, surtout de lui-même.

Le jour suivant, dès l'aube, il fut debout, et quelque chose de plus fort que sa volonté l'entraîna vers le site préféré. Il était à peine installé que la jeune fille se trouvait devant lui. Ses joues étaient rouges d'émotion, et ses yeux avaient des luisances de fièvre. Elle s'annonça, non plus d'une voix timide, comme honteuse, mais hardiment.

— C'est encore moi ! Et hier vous m'auriez trouvée aussi. Pourquoi n'êtes-vous pas venu ?

— J'étais souffrant... un peu de migraine.

— Ah !... Peut-être pensiez-vous aussi que je ne reviendrais pas... allons, avouez-le donc.

— Eh bien ! oui ! c'est vrai !

— Pourtant je vous ai dit que je ne suis pas une jeune fille comme les autres. Une fois qu'on a dirigé mon esprit sur des horizons nouveaux, je ne me contente pas d'aperçus vagues, il faut que je sache, que je sache tout, depuis l'alpha jusqu'à l'oméga.

Darthez, amusé de ce ton péremptoire, presque doctoral, riait cette fois de bon cœur.

— Tiens !... tiens !... tiens !...

Elle devint toute pâle, et ce fut d'une voix hoquetante qu'elle continua.

— Oh ! ne riez pas, monsieur ! Vous m'avez fait, sans le vouloir, beaucoup de mal. Depuis avant-hier, j'ai réfléchi à ce que vous m'avez expliqué, et, à présent, je me sens toute triste, toute changée. Concevez-vous cela ? Je doute maintenant, je doute de tout. Je ne crois plus à l'éclat du soleil qui nous éclaire, ni au parfum des fleurs que je respire, ni à rien de ce que je sens et de ce que j'entends.... Oh ! oui ! vous m'avez fait un mal affreux.

Darthez, plus ému qu'il n'eût voulu le paraître, avait fixé son œil profond sur l'œil ingénument bleu de la jeune fille ; il y crut voir trembloter une larme.

— Moi, vous faire du mal, ma chère enfant ! oh ! vous ne le pensez pas.

Il s'attendrissait au son de ses propres paroles. Il en voulut corriger les inflexions trop tendres, trop caressantes.

— J'ai eu tort de rêver tout haut, fou que je suis ! Mais pouvais-je me méfier de la blancheur de votre âme candide ? Rentrez chez vous, mademoiselle, sans regarder en arrière, embrassez bien fort votre maman, et ne pensez plus à toutes ces chimères enfantées par un cerveau malade. Continuez à dessiner de vilains nez, des yeux sans expression, des bouches sans sourire, et ne vous souciez pas autrement du verbiage d'un artiste qui ne pense peut-être pas un mot de tout ce qu'il vous a dit. Surtout, mademoiselle, ne sortez plus sans votre gouvernante.

Elle interrogea, en un trouble d'âme qui changeait presque ses paroles en sanglots.

— Vous me chassez ?

— Moi, vous chasser ! En ai-je le droit seulement ? Ce paysage est à tout le monde. Non ! je vous donne un conseil... un conseil d'ami, et en même temps un remède à votre mal plus imaginaire que réel.

Elle avait mis une main sur son cœur, son pauvre petit cœur de flamme déjà meurtri par la recherche de l'idéal.

Darthez la considéra quelques instants, muet de surprise, puis la voyant fléchir sous le poids de sa douleur immense, il s'élança, la reçut dans ses bras, pantelante. Il eût désiré lui dire des mots câlins, des paroles de consolation, mais il se sentait gauche comme un écolier. Et, soudain, ce corps de vierge le pénétrant de sa chaleur, le grisant de son parfum, il eut un frémissement de l'épiderme qui le fit se rapprocher encore. Mais il se recula aussitôt, pris d'une épouvante folle.

Allait-il donc abuser de l'innocence de cette fillette trop confiante ?
Non ! non ! jamais il ne commettrait une telle infamie !

La jeune fille s'était ressaisie. Elle regardait droit dans les yeux cet homme énigmatique, comme si elle eût voulu pénétrer ses plus secrètes, ses plus intimes pensées. Et, brusquement, sans un mot d'adieu, elle s'enfuit, biche affolée, dans la direction du château.

III

Chez les Saverny, en leur castel moyenâgeux de Saint-Prest, c'est, depuis le lendemain du Grand-Prix, la vie seigneuriale avec toutes ses étroitesses et toutes ses mesquineries.

Après déjeuner, Mme de Saverny, née roturièrement Laplacette, oblige ses nobles invitées au tour classique du propriétaire. Et c'est alors une théorie, point désagréable à l'œil, de châtelaines gloussantes et piailleuses défilant, en minces costumes de foulard, dans les allées ombreuses du parc, du légendaire parc de Saint-Prest que, jadis, au temps du grand roi, la prude Maintenon foula de ses souliers puritains. De son côté, le baron Gilbert de Saverny — vieux blason redoré par les millions du couturier Laplacette — propose à ses commensaux une « vieille poule » au billard, à un louis d'entrée de jeu et deux louis de rachat, une bagatelle, quoi !

La baronne qui a des idées très arrêtées sur toute chose, tolère pour les messieurs deux distractions seulement : le whist et le billard.

Le whist, parce que c'est un jeu diplomatique très en faveur dans le noble faubourg ; le billard, parce que Louis XIV y jouait, et que Mme la duchesse d'Angoulême ne dédaignait pas de faire, chaque soir, une cinquantaine de points dans ses dernières années, à Frohsdorf... Ne lui parlez pas du poker, par exemple ! Mme de Saverny, qui n'estime que les jeux honnêtes, méprise hautement cette tricherie importée dans certains salons très ouverts, par un américanisme outrancier. Le poker ! non, mais pourquoi pas la roulette tout de suite, ou le bonneteau ! L'après-midi, tandis que ces messieurs, après les bruyants carambolages, s'abîment en de muettes parties de whist, le travail pour les « petites pauvres » remplit les heures bleues de ces dames : confection de layettes destinées aux enfants de l'école des sœurs.

Pour une centaine de francs, au Louvre, on aurait tout un magasin de ces brassières et de ces béguins enfantins et charitables, et les aimables dames ne piqueraient pas leurs jolis doigts roses à pousser l'aiguille dans ces vilaines étoffes, mais que deviendraient les principes, les stupidement immuables principes qui commandent la pose aux yeux des domestiques et des gens du pays ?

Le dîner est la grande affaire. Il s'agit de combiner des menus dont le bon goût ne pâlisse pas trop devant les merveilles culinaires de Paris ; et on y arrive presque, grâce au gibier prohibé et aux fines pâtisseries de Chartres. Les mâchoires lassées, les estomacs solidement lestées, on a des reculs brusques loin des vaisselles aux filigranes d'or, on improvise d'élégants ronds-de-bras, d'irrésistibles ronds-de-bouche auprès du sexe minaudier, pour le passage de la salle à manger au salon.

Piano et jeux innocents, tel est le programme invariable des soirées. A onze heures, retraite générale : les vieux qui sommolaient dans leurs fauteuils, gagnés malgré eux par la douce chaleur des peluches, les vieux ouvrent péniblement des yeux encore tout embués de rêves et se secouent ainsi que des chats mouillés ; les jeunes s'arrachent avec des soupirs lamentables, au flirt discret derrière les paravents. On se souhaite un bonsoir las, on gagne sa chambre. Et ce sont, dans les couloirs, vaguement éclairés, de furtifs serrements de mains, des frôlements de doigts chercheurs sur des jupes froufroutantes. On se couche et, tout de suite, on s'endort. Pas de songes roses, pas de cauchemars ; l'esprit envahi par la matière se repose sans merci.

Le lendemain on recommence, et ainsi de suite tous les jours, excepté le dimanche où l'on a les offices. Tout contribue à vous mener à l'église, sauf peut-être l'église elle-même : l'habitude, la bienséance, le désœuvrement. On se prend même à regretter de n'être pas dévot. Quelle ressource, la dévotion dans l'isolement !

Depuis des semaines, telle est la vie qu'on mène au château de Saint-Prest, et ni le baron, ni la baronne, ni leur fille Odette ne songent à en changer...

Ce jour-là, après déjeuner, une société, plus nombreuse encore que de coutume, s'est levée de table.

Le baron Gilbert a offert son bras à la vieille madame de Boves, la marraine d'Odette ; M. de Boves a offert le sien à la maîtresse de maison, les autres invités se sont accouplés au petit bonheur, et tous se sont dirigés vers le kiosque japonais où l'on me, dans des tasses de vieux Sèvre, un moka parfumé.

Il fait une chaleur torride ; le soleil semble verser du plomb fondu sur les crânes des humains, les obligeant à des épongements ininterrompus.

Une fois au kiosque japonais, chaque invité s'est affalé dans un rocking-chair compatissant ; et, après le café, la fraîcheur aidant, on a ouvert, du côté féminin, un cours gradué de cancans et potins, tandis que ces messieurs, élevant peu à peu leur voix au diapason des réunions publiques, ont commencé une sortie à fond de train contre l'envahissement des idées socialistes.

Cependant l'ennui ne tarda pas à planer sur l'assistance ; on serait heureux de passer à d'autres exercices. Le petit Vermont, un quart d'agent de change très lancé, du tout dernier automobile, et Mme Winter, une amie des Saverny, proposent un lawn-tennis, et même du footing ; c'est très distingué.

— Distingué ! allons donc ! Il n'y a pas une réception à l'Elysée où les fils et les filles de ces va-nu-pieds de républicains ne se renvoient des balles au mépris de toute étiquette. Et vous trouvez ce jeu distingué ? Voyons, ce n'est pas sérieux.

Cependant Mme Winter ne se tient pas pour battue. Très entêtée, cette petite Renée, le portrait même de l'entêtement, avec ses cheveux en coup de vent, son menton volontaire. Elle vient de passer la « season » à Londres et à Brighton, et elle affirme que toutes les princesses d'Angleterre, et toutes les Maud et Betty de l'aristocratie des trois royaumes se livrent à ce jeu de tennis, sans craindre d'y froisser leurs cotillons ou l'exhiber des bouts de mollets alliciants ; mais la baronne, que désarme toujours le rire en cascade de la jolie veuve, est restée cette fois inflexible.

— Ce qui est propre à des créatures émancipées comme les Anglaises ne saurait convenir à des femmes réservées de l'Armorial français. Et, d'un geste d'impératrice, elle a clos la discussion. La baronne de Saverny est de l'école de la grande duchesse de Gérolstein. Elle a appris les manières de la noblesse dans la maison du couturier Laplacette, son bonhomme de père. Etant jeune fille, elle a vu défiler tout le d'Hozier dans le salon d'essayage de la rue de la Paix ; elle a entendu toutes les conversations de grandes dames sur de petits sujets. Et, quand le baron Gilbert était venu demander sa main, la belle Florentine, encore dans son printemps, était déjà mûre pour le rôle de douairière.

— Où est donc Mlle de Saverny ? demanda soudain un des familiers de la maison, le comte Bertrand de Verlières.

— En effet, dit le baron, où peut-elle bien être ? Voilà plusieurs jours qu'elle nous quitte comme ça, le matin ou après déjeuner, pour courir à travers le parc.

Bertrand de Verlières eut un froncement de sourcils.

On le regardait un peu, dans la famille, comme le fiancé éventuel d'Odette, et ce titre l'autorisait aux questions indiscrètes.

— Messieurs, reprit le baron en souriant, je vous propose une expédition à la découverte de ma fille.

— Avec grand plaisir ! répondit le chœur des invités.

A ce moment même Odette apparut à l'extrémité du jardin. Devant la surprise du groupe des causeurs, elle comprit qu'on s'était aperçu de sa fugue. La pâleur de son visage s'accentua encore ; elle fit effort sur elle-même, et ce fut avec un gentil sourire qu'elle demanda :

— Vous me cherchiez, messieurs !

— Oh ! grimaça le baron, nous te cherchions sans te chercher. On te réclame au salon pour une audition de l' « Adagio » de Chopin, piano et violoncelle.

Odette s'inclina, courut vers la maison.

De Boves avait pris le baron à part, lui murmurait à l'oreille.

— Mon cher ami, vous laissez trop de liberté à votre fille.

— Des bêtises ! Elle aime à courir dans le parc après les papillons et les libellules, parce qu'elle est restée enfant.

— Pas si enfant que cela ! Elle aura tantôt dix-sept ans, c'est presque une femme.

— C'est même une femme tout à fait, renchérit le petit Vermont.

Il ajouta, après avoir jeté un coup d'œil oblique à Bertrand.

— Et je crois bien que, d'ici peu, elle ne manquera pas de prétendants.

De Verlières répondit, presque souriant :

— Elle est assez jolie pour faire tomber à ses genoux tous les hommes de goût.

Cependant, le baron était retourné au train-train de ses pensées ordinaires.

— Et notre poule au billard ? Vous savez que je vous dois, à chacun, une revanche, et une fameuse encore ! Vous ai-je assez joliment roulés la semaine dernière. Allons ! avouez que vous n'êtes pas de forces.

— Pas de force ! se récrièrent les invités, c'est ce qu'on va voir.

— Je connais un coup inédit dont vous me direz des nouvelles, proclama de Boves.

— Et moi aussi, j'en connais un, chantonna le petit Vermont. C'est Vignaux lui-même qui me l'a montré.

— Oh ! vous seriez bien gentil de me l'enseigner.

— Comment donc !

Tous deux s'en allèrent au bras l'un de l'autre, et l'on entendit le quart d'agent de change expliquer, à grand renfort de gestes :

— Vous prenez votre bille en dessous... de trois quarts... vous jouez le tourniquet par deux bandes...

Bertrand, resté en arrière avec le baron, lui confiait ses craintes sur la santé d'Odette.

— Pardonnez-moi de vous parler si librement, mais ma qualité de fiancé éventuel...

— Rassurez-vous, vos craintes ne sont pas fondées, Odette se porte comme un charme.

— C'est que, tout à l'heure, elle m'a paru si pâlotte...

— Quelque indisposition passagère...

— Croyez-vous ?

— Ce que je crois, c'est que ces messieurs doivent nous attendre avec une juste impatience. Nous reprendrons cette conversation un peu plus tard, mon brave Bertrand.

— Encore un mot, je vous prie. Demain, je vais partir pour Poitiers faire une période d'instruction comme capitaine de réserve.

— Déjà capitaine ?

— C'est que... j'ai trente-cinq ans.

— Mazette ! Il est temps de sauter le pas. Alors, vous voilà exilé pour quatre semaines. Vous allez bien nous manquer.

— Moi-même, je pars, le cœur gros.

— Allons ! allons ! pas de sentimentalité !... A votre âge, c'est un peu ridicule. Et puis, votre fiancée ne s'envolera pas, que diable !

— Ma fiancée ! Puisse-t-elle le devenir autrement que dans votre imagination.

— Douteriez-vous de ma parole ?

— Oh ! baron !... Promettez-moi seulement, si cette pâleur persistait, de consulter un médecin.

— Mais oui ! mais oui ! c'est entendu !

IV

Élégant comme Brummel, assez connaisseur en art pour savoir distinguer un Trouillebert d'un Corot authentique, une ariette de Massenet d'une onomatopée de Wagner, un sonnet de Verlaine d'une « pièce de vers » de M. A. Tartempion, de l'Académie française, mais bien plus connaisseur en femmes, Gilbert de Saverny avait passé longtemps pour le modèle impeccable de l'homme du monde.

De plus, il était joli garçon, et le sachant, il se souriait agréablement dans tous les miroirs rencontrés.

Tout jeune, avec à peine quelques poils bruns sous le nez, il était arrivé de sa province, non pas en sabots, mais avec du foin dans ses bottes, de fines bottes vernies. Bruyamment, il débutait dans la fête parisienne, et pendant près de vingt ans, il menait la vie des gentilshommes balzaciens, cette existence absorbante de l'oisiveté dorée où l'on ne trouve pas même un moment pour penser.

En le voyant, dans sa correction tirée à quatre épingles, toujours jeune, toujours beau, sachant manger sans appétit, boire sans soif, aimer sans amour, on avait fini par le considérer comme une sorte de bonze du parisianisme le plus raffiné, quelque chose comme le Vichnou des Snobs. Les fêtards des nouvelles couches se taisaient devant lui, frappés de stupeur par la dignité de son attitude, agenouillés devant la grâce de son geste, buvant comme du petit lait la délicatesse de ses propos.

Seuls, les anciens, ceux de sa génération, osaient parfois le contredire, le blaguer même du bout des dents, quand il lançait, à quelque table de cabaret haut coté, certains de ses aphorismes familiers empruntés pour la plupart au célèbre « Cabinet Piperlin ».:

— La gloire ? Une balançoire ! La politique ? Bernique !... La femme, messieurs la femme... quel génie !... quelle artiste !... Il n'y a qu'elle ! Il n'y a qu'elle !

Vingt ans, le baron Gilbert avait raffolé des petits cœurs qui se prêtent à la petite semaine ; vingt ans, il avait poursuivi, dans des alcôves conjugales, dans des garçonnières discrètes, les amours buissonnières.

Il avait aimé tous les genres de femmes : les blondes coiffées en casque romain, les brunes en bandeaux à la vierge, les rousses péraphaélites. Il avait noyé son regard dans des prunelles de toutes nuances, et des centaines de bouches lui avaient, sous le carmin, murmuré l'éternel mensonge.

Quand il en eut assez de la fête, se trouvant d'ailleurs à fond de cale, il songea à finir comme il avait vécu, en grand seigneur.

Grâce à son arbre généalogique, il eût pu aspirer à la main de quelque richissime américaine, mais l'article d'exportation lui inspirait une sainte horreur. Il préféra se rabattre sur le haut négoce parisien. Son bagout de viveur frotté à toutes les esthétiques plut tout de suite au père Laplacette, le grand couturier, qui, très flatté de cette alliance de choix, l'accepta d'emblée pour mari de la belle Florentine, sa fille unique.

Une fois l'affaire dans le sac, du jour au lendemain, le baron Gilbert changea de manière de vivre. Il dit adieu aux caprices des grandes dames, aux intrigues de coulisses, fermement résolu à la vie bourgeoise et banale. Personne n'eut le courage de l'en blâmer, certains même l'approuvèrent, heureux de se voir débarrassés d'un jouteur d'amour encore redoutable. Quant à lui, le gentleman rusé, roué, blasé, qui si longtemps avait fait profession de ne pas croire à la vertu des femmes, il était en train de se prendre d'une belle passion pour cette petite fille vertueuse.

C'était sa propre tante, une Saverny, qui avait fait les premières ouvertures, gagné tout de suite, la brave douairière, par les grâces minaudières de la demoiselle, surtout par son édifiante dévotion.

Le mariage célébré, le baron emmena sa femme en Italie, terre classique des tourtereaux. Les paysages méridionaux plurent infi-

niment à la belle Florentine : toujours le soleil d'or, partout un ciel d'azur. C'était exquis, et cela la changeait vraiment des sites à l'eau de rose de Ville-d'Avray ou de Saint-Germain.

Ils s'attardèrent à Venise, flânèrent à Rome, poussèrent jusqu'à Naples. Là, saisis d'une nouvelle toquade, au lieu de rentrer en France par les chemins de fer de la Toscane, ils s'embarquèrent pour Malte, puis longèrent le littoral africain : Tunis, Alger, Oran, ils voulurent tout voir, tout admirer, en prendre réellement pour leur argent. Le baron était enthousiasmé de sa femme, bien plus encore que des beaux décors exposés dans la fantasmagorie de la mer. Il avait épousé une perle, une vraie perle à l'orient très pur, et il se promettait bien de la laisser le plus longtemps possible dans l'écrin, avant de la faire briller aux regards de convoitise du monde. Car cette petite Florentine qu'il avait supposée niaise, roturière jusqu'au bout des doigts, lui apparaissait maintenant qu'il la connaissait bien, d'une distinction native, d'une élégance de langage et de manières absolument remarquable, étant donné le milieu où s'était écoulées ses meilleures années de jeune fille. Il se prit à l'aimer pour de bon, follement, bêtement, comme une maîtresse, lui découvrant chaque jour des vertus nouvelles.

Elle n'était pas seulement jolie, la fille du grand couturier, mais elle possédait encore d'instinct ce cachet de Parisienne, subtil comme une essence rare, capiteux comme un vin d'Asti. Elle était entrée dans sa chair, dans son sang, dans ses moelles, à tel point que, maintenant, sans elle, la vie lui eût semblée inutile et vide.

Au bout de trois mois de cette délicieuse lune de miel, ils furent rappelés à Paris par la mort subite du père Laplacette. Le négociant millionnaire, en homme de bonne compagnie, s'en allait juste à temps pour ne pas troubler, par son bourgeoisisme compromettant, la bonne harmonie du jeune ménage. La baronne pleura son père comme autrefois elle avait pleuré sa mère, modérément, avec une stricte dignité, juste assez enfin pour ne pas faner ses jolis yeux mauves. Le baron, lui, retrouvant à cette occasion sa correction d'antan, suivit le corps jusqu'au Père-Lachaise, se montra suffisamment ému, échangeant des poignées de main affectueuses avec une conviction de haut théâtre.

Les mois qui suivirent, le couple amoureux les passa au château de Saint-Prest, restauré avec les écus de beau-papa ; et ce ne fut guère qu'un an après la naissance de leur fille Odette qu'ils se décidèrent à ouvrir, l'hiver, leurs salons de la rue Bassano.

Le beau monde, passant l'éponge sur la mésalliance, arriva en foule chez la baronne.

Elle recevait avec tant de grâce, la belle Florentine !

Elle savait jouer de l'éventail avec une ingénuité feinte, mais si savamment exquise.

Elle eut des adulateurs, elle eut des adorateurs, papillons frêles qui se brûlèrent, l'un après l'autre, à la flamme de ses jolis yeux mauves.

Les années s'écoulaient ainsi, toujours pareilles, entre les soirées données à Paris et les réceptions estivales de Saint-Prest.

La baronne, à la longue, avait pris un ascendant absolu sur son mari. Elle était si strictement vertueuse, et possédait en outre des notions si précieuses d'économie domestique !

C'est elle-même qui voulut s'occuper de l'éducation d'Odette. Elle lui donna des professeurs de choix qui inculquèrent à leur docile élève le violoncelle, la peinture, l'anglais, l'allemand, la philosophie, les sciences. Plusieurs fois, timidement, le baron avait essayé de s'élever contre cette culture intensive, ce surmenage intellectuel.

Mais, d'une de ces phrases à panache qu'elle avait coutume de sortir aux grandes circonstances, telles ces toilettes qu'on exhibe seulement aux jours de gala, Mme de Saverny l'avait remis à sa place.

— Une jeune fille de notre monde ne doit être déplacée nulle part.

Odette avait grandi ainsi, entre un père trop faible, aveuglé par ses deux tendresses, et une mère trop grande dame et pas assez maman.

Les leçons dont elle fut accablée lui profitèrent à merveille. Elle retint tout ce qu'elle avait appris, et ces bribes de connaissances hétérogènes l'empêchèrent de se vulgariser, allant ainsi à l'encontre du but maternel. Habituée aux analyses minutieuses, aux savantes déductions, elle voulut connaître le pourquoi et le comment de toute chose. Et, devant le néant de ses investigations, son caractère se teinta de noir, d'une mélancolie rêveuse qui lui faisait fuir comme la peste le babillage des petites dindes mondaines et la livrait, impuissante, à la grande nature aux mystères insondables.

Parfois, dans la modeste église romane de Saint-Prest où les coiffes blanches s'inclinaient sous la bénédiction, son âme s'envolait, palpitante comme une colombe ; puis, subitement, un nuage passait devant ses yeux, les ors des autels s'éteignaient, les enluminures étaient noires dans leur cadre, et des vitraux ne tombaient plus que des rayons passés. Un frisson la parcourait alors de la tête aux pieds, la prière s'arrêtait au bord de ses lèvres, inutile, inefficace, et il lui semblait que la communion s'évanouissait entre elle et Dieu.

Depuis sa rencontre avec le peintre idéaliste, l'étrangeté de son caractère s'était accrue encore. Elle n'avait avoué cette aventure à personne ; elle était et devait rester un secret.

Rien n'était changé à la surface de sa vie ordinaire ; la monotonie de l'existence voilait son trouble intime, comme l'apparence paisible du fleuve cache les tourbillons meurtriers.

Et, d'ailleurs, nulle âme, dans son entourage de frivolité, n'était assez affinée pour distinguer, au-dessus de sa piété maladive, l'amour inconnu peut-être de celle même qu'il possédait. Car avait-elle bien analysé les sentiments qui s'agitaient en son cœur ?

Et n'était-ce pas prêter le flanc à la raillerie que d'avouer, à son âge, un amour fait de mystère et de ténèbres.

Et puis, aimât-elle réellement Darthez, rien ne prouvait que le peintre partageât cette affection !

Jamais en effet la clarté de ses yeux ne s'était ombrée d'une pensée mauvaise ; jamais cet être détaché des ambiances n'avait effleuré sa beauté d'un désir charnel. Mais sa vanité féminine, toute naïve, la berçait d'illusions complaisantes qui demandaient à vivre jusqu'au jour où cet homme plus grand que nature aurait pris garde à la passion qu'il avait inspirée.

Seulement, dans cette attente anxieuse, elle ne ressentit bientôt plus qu'une indifférence absolue à l'égard des autres jeunes gens, de leurs hommages, des admirations provoquées par sa beauté juchée sur une dot princière. Son cœur, aux grandes aspirations déçues, était sourd plus que jamais aux sollicitations des plaisirs de son âge et de son rang.

Elle professait maintenant une horreur bizarre pour ces frivoles amusements. Et sa seule joie, son seul bonheur était de distribuer aux pauvres un peu de cette opulence dont elle souffrait presque, qui la gênait comme une chose embarrassante, incapable de procurer d'autres plaisirs sains que ceux de la charité.

Aussi, à dix lieues à la ronde, les malheureux la connaissaient bien. Couverts de défroques innommables, affectant d'invraisemblables maladies, hommes et femmes arrivaient en procession ininterrompues, à la grille du château de Saint-Prest, marmottaient de leur voix geignarde :

— La charité, s'il vous plaît, ma bonne demoiselle !

Et, ayant enfourné dans leur bissac le pain et la viande pêle-mêle avec les pièces blanches et le cuivre, tous s'en retournaient, après de grands gestes de gratitude et des courbettes humiliées, ayant tous répété comme une leçon :

— Le Seigneur vous fasse bien heureuse, ma bonne demoiselle !

Mais bientôt les devoirs de bienfaisance eux-mêmes furent impuissants à apaiser les tourments du cœur d'Odette.

Alors, seule au fond du grand parc mystérieux, elle priait le ciel de lui arracher le cœur, comme elle arrachait une mauvaise herbe, de la guérir de cette maladie d'aimer, une fiction qui la tuait lentement ; mais plus ses efforts étaient violents pour échapper à l'idée tyrannique, plus ils rendaient cette idée impitoyable. Sous l'assaut d'une crise si grave, Odette prit vite en horreur les futilités de la toilette. A quoi bon se parer quand on n'a personne à qui plaire ! Et, pourtant, dans le cercle étroit où s'était enfermé son désespoir, dans cette sorte de mort sentimentale provoquée par l'idée de la séparation inéluctable, le souvenir du bonheur entrevu revenait sans cesse, la pénétrant chaque jour davantage, la suppliciant comme à plaisir. Des idées de ferveur la reprenaient alors : elle offrait cette souffrance même en holocauste. Et son âme se pendait en des imaginations pieuses, jusqu'à ce qu'une crise de larmes vînt mettre un terme à cette surexcitation de vierge.

V

Septembre touchait à sa fin, et déjà les arbres m'ettaient, par terre, des jonchées d'or roux, quand, un matin, Bertrand de Verlières se présenta à l'entrée du manoir moyenâgeux où flamboyait l'écu des seigneurs de Saverny.

Ayant abandonné son pur-sang aux mains d'un palefrenier, Bertrand traversa le jardin ratissé comme une arène de cirque, pénétra dans la maison. Il trouva, dans la salle de billard, le baron en veston de flanelle, qui s'exerçait aux beautés de la série américaine. M. de Saverny eut un cri de joyeuse surprise.

— Ce cher Bertrand ! Il y a un siècle qu'on ne vous a vu.

— Trop aimable, mon cher baron !

— Voilà bien un mois que vous n'êtes venu dans notre thébaïde.

— Oui ! exactement quatre semaines que j'ai passées, comme vous le savez, à la caserne.

— C'est vrai ! où donc avais-je la tête ?

— Oserai-je vous demander des nouvelles de Mme de Saverny ?

— La baronne se porte à merveille ! je crois que le grand air lui refait, chaque année, une nouvelle jeunesse.

— Et Mlle Odette ? Aurai-je le plaisir de la voir ?

— Ma foi, je ne sais pas trop; elle a ses vapeurs, ce matin. Elle m'inquiète un peu, cette petite. Voilà des semaines que je la vois souffrante, sans rien comprendre à son étrange malaise.

— Il y a un mois, vous m'aviez promis de consulter un médecin, vous en souvenez-vous ?

— Ah ! si vous croyez que c'est facile ! Elle a les médecins en une sainte horreur, et n'en veut même pas entendre parler.

— Cependant...

— Je n'insiste pas trop, parce qu'au fond, je suis bien convaincu qu'il n'y a pas péril en la demeure.

— Me permettez-vous d'aller présenter mes hommages à ces dames ?

— Que diable ! vous avez tout le temps, mon cher. Tenez ! allumez une de ces excellentes cigarettes turques, et racontez-moi quelque bonne histoire de régiment.

— Vous voulez me distraire, m'étourdir ?

— Non ! simplement donner un cours plus agréable à vos pensées. Aussi bien, vous montrez-vous plus soucieux qu'il ne convient de toutes les lubies d'Odette. Est-ce que toutes les jeunes filles de son âge ne sont pas ainsi faites ! Tantôt elles vous boudent, tantôt elles vous sourient gentiment. Tenez ! sans aller plus loin, la baronne n'était pas autrement quelques semaines avant notre mariage.

— C'est que je l'aime tant !

— Je l'espère bien, Monsieur mon futur gendre ! Il ferait beau voir le contraire.

— Si elle savait toutes mes angoisses... tout ce que je souffre loin d'elle !... Je n'ai pas une pensée, pas une espérance dont elle ne soit l'objet. Tenez ! il y a un mois, je lui ai révélé, ici même, et pour la première fois, les sentiments que j'éprouve pour elle. Mlle Odette m'écoutait indifférente, glaciale, et quand je partis, il me sembla qu'elle m'avait broyé le cœur. Oh ! l'horrible minute !... Mais non ! je ne veux plus y penser.

— Mon cher Bertrand, vous êtes un enfant, un incorrigible enfant gâté ! Vous ai-je, oui ou non, accordé la main de ma fille !

— Il est vrai... mais Mlle Odette n'a pas encore ratifié ce consentement..

— Patience ! tout vient à point... tenez ! la voici justement.

A l'entrée de la salle de billard, la jeune fille se tenait hésitante, ne sachant si elle devait avancer ou se retirer.

— Eh bien ! demanda le baron de sa voix mielleuse de vieux beau, tu ne viens pas m'embrasser ?

— Je vous croyais seul, mon père... Monsieur le comte !

Elle présenta son front au baiser paternel, puis ayant tendu la main à Bertrand :

— Je m'en vais... je ne veux pas troubler votre partie.

Devant l'indifférence presque incorrecte de la jeune fille, Bertrand était resté stupéfait.

— Baron, dit-il, très froid, il faut qu'à l'instant même je sois fixé sur mon sort. Ces dames doivent être au jardin, je cours les rejoindre. Pardonnez-moi de vous laisser compagnie.

— Allez ! allez ! mais franchement, mon pauvre Bertrand, vous me navrez. Cette petite s'amuse de votre humeur inquiète, et ce que vous prenez pour de la froideur n'est que de la réserve, pas autre chose. Allez donc ! vous verrez que vous vous êtes mépris.

Odette n'était plus au jardin. Elle avait pris le bras de sa mère, et elles parcouraient, à pas comptés, la grande allée du parc, tout embaumée, à cette heure matinale, de fraîcheurs balsamiques.

Mme de Saverny s'inquiétait, à son tour, de la transformation de sa fille. Son cœur de mère s'éveillait enfin, après avoir sommeillé si longtemps sous le corset cuirassé de la grande dame. Elle avait pris Odette par la taille, et, la voix caressante, elle l'interrogeait.

— Voyons, ma mignonne, dis-moi ce que tu as ?

— Maman, je n'ai rien... rien du tout.

— Voilà trois mois que tu me fais la même réponse, et depuis trois mois la gaîté s'est envolée de tes lèvres, la fraîcheur de tes joues s'est évanouie. Te manque-t-il quelque chose ? Aurais-tu fait un vœu que tu ne puisses accomplir ? Nous sommes assez riches pour satisfaire à tes caprices les plus extravagants. Enfin, je ne sais pas, moi, mais sûrement tu as un secret, oui, un secret que tu caches à tous, même à ta mère, un secret qui te ronge...

— Oh ! maman !

— M. Bervillières nous a demandé ta main, il n'est plus très jeune, c'est vrai, mais c'est beau de pareilles alliances flattées, car le comte Bertrand est de ces rares gentilshommes restés dignes de leur nom et de leur rang, ce qui est à considérer à l'époque de décadence morale où nous nous avilissons.

Les grandes phrases aristocratiques lui revenaient malgré tout : elle s'en aperçut, fit effort pour s'expliquer simplement.

— Tu n'as pas encore dix-sept ans et je comprends que tu hésites devant la détermination la plus grave de l'existence. Mais le comte ne presse pas sa demande, il ne nous met pas l'épée dans les reins : il attendra le temps qu'il faudra... six mois, un an au besoin. Ce qu'il voudrait, ce serait te voir un front moins sévère, une attitude plus aimable. Ne pourrais-tu lui parler comme à un ami, lui sourire quelquefois ?

— Maman, je ne le puis...

Elle leva les yeux, comme pour prendre le ciel à témoin de sa sincérité... elle ne vit pas d'ange qui lui pourrait, mais elle aperçut Bertrand qui se dirigeait de leur côté. Quittant brusquement le bras de sa mère, elle s'élança, s'enfonça dans la partie la plus épaisse du parc.

Heureuse enfin d'être seule, elle s'assit sous un dôme de verdure, le regard perdu dans le lointain, par-dessus les hautes frondaisons, au pays bleu de l'idéal. Ses lèvres tremblantes ne laissaient passer aucun son, mais elles murmuraient par la pensée :

— Oh ! que ne puis-je le revoir ? Je lui dirais, à cet inconnu qui tourmente mes jours, hante mes nuits : Vous qui m'avez appris qu'il existe un monde merveilleux, un monde féerique, au-delà des apparences vulgaires, ne pouvez-vous m'indiquer le chemin qui mène à ce monde ? Mais comment le retrouverai-je, ce poète, amant des irréalités ? La même fantaisie qui l'a conduit au pied de ce château l'a emporté sans doute vers d'autres s'tes, plus enchanteurs.

Peut-être a-t-il une fiancée qui, chaque soir, ferme les yeux sur

son image divinisée ! Peut-être est-il marié ? Oh ! non ! ce serait abominable ! mais, folle que je suis ! comment oserai-je le revoir, le reconnaître ? Mon orgueil blessé par ses railleries, mon orgueil stupide m'a défendu, pendant des semaines, de reparaître à sa vue. Et, hier, quand j'ai foulé ce gazon où, naguère, je courais insoucieuse, j'ai trouvé l'endroit solitaire, le matin sombre et la brise muette.

Alors, j'ai voulu pleurer, mais mes yeux étaient secs, et j'ai souffert davantage...

Et dire que demain je n'aurai même plus ce plaisir âpre, je n'éprouverai plus cette sensation, à la fois douloureuse et si tendre, de m'appuyer là-bas, sur ce tronc d'arbre ravagé d'où je l'observai pour la première fois, de regarder avec lui ce que nous avons re gardé ensemble, car, demain, je rentrerai dans le tourbillon mondain.

Oh ! le monde, avec son extériorité de faux clinquant, avec ses sentiments fardés comme les physionomies de ses pantins, le monde, je d'ai en horreur !

Un bruit de pas la fait tressaillir. Elle se réveille de sa méditation, ouvre les yeux et voit, devant elle, le comte de Verlières qui s'excuse de troubler une solitude qui paraissait si chère.

Il dit cela tristement, sans arrière-pensée d'ironie.

Odette, cette fois, est presque heureuse de la lueur d'espoir reparue. Elle regarde avec une fierté le noble visage de celui qui souffrait aussi parce qu'il aimait, et dont la croix était peut-être aussi lourde que la sienne.

Bertrand étendit la main, très digne.

— Pardonnez-moi, mademoiselle, de gâter votre rêverie.

Ce que j'ai à vous dire ne comporte pas de longs discours. D'ailleurs, vous le savez déjà, les plus chères espérances de mon âme ne vous sont pas inconnues. J'ai été amené ici par la plus douloureuse, la plus horrible des craintes, par l'angoisse de vous avoir perdue à jamais.

Quand je vous ai vue, tout à l'heure, fuir mon approche, j'ai cru que la terre cédait sous mes pas... que j'allais mourir sur le coup... C'est peut-être romantique ce que je vous dis là... un peu trop petite fleur bleue... mais je ne sais pas feindre ; les paroles qui me viennent ne sont pas cherchées... elles me montent du cœur... et je les exprime dans toute leur naïveté.

Odette, répondez-moi, je vous en supplie, suis-je pour vous un objet de répulsion ?

Malgré une émotion violente qui précipitait les mouvements de son sang, elle eut la force de répondre, sans toutefois se compromettre.

— Je vous tiens en haute estime, monsieur le comte, et vous méritez, entre tous d'être aimé.

— Mais vous, Odette, vous ne m'aimez pas ?

— Qu'en savez-vous ?

— Alors, je puis espérer... oh ! merci !

Il s'était laissé glisser à genoux ; elle lui donna la main pour l'aider à se relever, chantonna de sa jolie voix des beaux jours :

— Monsieur le comte, voulez-vous m'offrir votre bras ?

VI

L'hiver, à Paris, s'écoula, monotone, presque triste.

Le baron et la baronne s'étaient terrés, toute la saison, dans leur hôtel de la rue Bassano, sortant rarement, ne recevant que des intimes.

On était à la fin d'avril, et déjà, à l'encontre des usages traditionnels du monde parisien, ils hâtaient leurs préparatifs de départ, pour la campagne.

Bertrand de Verlières, qui ne les négligeait pas, les trouva, un matin, dans leur salon, où l'on achevait de poser les housses. Il n'essaya pas de cacher sa stupéfaction.

— Vous ne partez pas encore, je suppose ?

— Nous espérons partir demain.

— Mais c'est demain le vernissage, et ce serait, pour ainsi dire, avouer votre renoncement complet au monde que de ne pas assister à cette solennité.

— Qu'en penses-tu, Odette ? interrogea Mme de Saverny.

Odette tressaillit, une rougeur subite envahit ses joues pâles. Elle feignit d'abord une grosse fatigue qui lui coupait bras et jambes, prétexta une migraine possible, puis, enfin, eut l'air de céder aux pressantes instances de sa mère.

Au fond, tout au fond d'elle-même, elle éprouvait un sentiment indéfinissable à l'idée de se retrouver peut-être en présence du peintre qui lui avait volé son bonheur. Elle était convaincue qu'en le voyant, serré dans sa redingote, correct sans élégance, comme le premier venu, son impression première disparaîtrait, s'évanouirait ainsi qu'un mauvais rêve, et que ce serait la fin de sa crise.

Le lendemain, Mme de Saverny, précédée de sa fille au bras de Bertrand, faisait son entrée au Grand Palais. Ils étaient arrivés un peu tard, et, déjà, une élégante cohue se pressait sur le grand escalier, houlait dans les galeries.

Le salon était en progrès, cette année, et le regard des amateurs alléchés y enfilait bien une demi-douzaine de chefs-d'œuvre.

La foule se faisait, d'instant en instant, plus épaisse; belles madames largement chapeautées strictement gantées, et jouant, précieuses, de leur face-à-main ; un peu moins de messieurs, enfutaillés de ridicules redingotes, le monocle rigide dans l'orbite. Et c'étaient des chuchotements ravis, des extasiements sans rime ni raison, devant de grandes machines poseuses, dans une atmosphère embaumée d'iris et de bruyère des Alpes.

Mme de Saverny, en tête, marchait lentement, le ventre en avant, la tête hautaine, ne donnant plus maintenant qu'un coup d'œil distrait aux toiles, détaillant plutôt les modes nouvelles. Odette et Bertrand suivaient le sillage de sa robe, se communiquant, en camarades, leurs impressions du moment.

Soudain, ils furent arrêtés par un groupe de connaisseurs stationnant devant une toile, et manifestant hautement leur admiration. Ils se penchèrent par-dessus des têtes, et leurs yeux se fixèrent sur « Premières violettes » de Georges Darthez. Le sujet était d'une originalité charmante : un bouquet d'arbres, au tronc ravagé, trempant leurs racines dans une eau calme, au milieu d'un fouillis de verdure traversé par un rayon de soleil auréolant une admirable tête de jeune fille. Cette enfant, en bouquetière Watteau, toute pomponnée et fanfreluchée, offre des violettes à Apollon qui s'enfuit en riant d'un rire sarcastique.

Ces vers accompagnaient l'envoi.

Premières Violettes

« Deux sous, Phébus, un frais bouquet !
Deux sous, la belle violette ! »
C'est de l'azur que la fillette
Apporte en son panier coquet.
Sa bouche exhale le muguet,
Et c'est comme une main de fée
Qui de cheveux d'or l'a coiffée :
Deux sous, Phébus, un frais bouquet !

Un cri d'angoisse s'échappe des lèvres aristocratiques de la baronne, confondu dans le brouhaha des enthousiasmes ambiants : Odette !

Bertrand se croit sous l'effet d'une hallucination.

Son regard se reporte de la toile criminelle au visage de la jeune fille devenu livide. Il n'ose croire à la réalité, tant elle lui semble monstrueuse, il aime mieux douter, mais c'est impossible : la réalité est là qui l'hypnotise, qui lui crève les yeux, qui lui meurtrit le cœur.

— Parbleu ! se dit-il, il faudrait être fou pour n'en pas convenir. La bouquetière de Darthez, c'est Odette.

Et, par une rapide association d'idées, il voyait la jeune fille, si rebelle au mariage, posant devant le peintre, en pleine nature.

Sa raison torturée inventait des poses langoureuses savamment indiscrètes, des rapprochements troublants, presque indélicats. C'était donc pour cela qu'Odette avait d'abord refusé de les accompagner. Elle redoutait cette rencontre.

Autour d'eux déjà, des groupes se formaient, des commentaires s'établissaient. On se montrait du doigt la jeune fille qui avait posé le portrait, et on trouvait la ressemblance frappante. Déjà même, le gros Durand-Villiers, l'ancien pion de Stanislas, mué en critique d'art, le journaliste le plus encombrant de Paris, chuchotait un nom connu du noble faubourg. Et c'était aussitôt, dans cette cohue de badauds affamés de racontars épicés, un émoi qui gagnait de proche en proche, faisait pousser des oh ! des ah ! agaçants.

Mme de Saverny, devant l'abattement d'Odette, eut un regard suppliant vers M. de Verlières qui comprit.

— Allons-nous en, dit-il brusquement, nous n'avons plus rien à faire ici.

Calme et froid, il fit monter ces dames en voiture, les déposa à la porte de leur hôtel. Là, il pria qu'on l'excusât auprès du baron, prétextant un rendez-vous urgent auquel il n'avait pas songé tout d'abord.

La baronne n'osa pas insister, mais Odette, redevenue forte devant le danger, trouva le moyen de murmurer à l'oreille de son fiancé :

— Du calme, je vous en prie.

Car, avec son instinct très affiné, elle prévoyait ce qui arriverait : elle devinait une scène de provocation entre Bertrand et Darthez.

Le comte s'inclina sans répondre, n'osant promettre une chose dont il doutait fortement. Au tournant de la rue, il sauta dans un auto-taxi jeta au cocher l'adresse du peintre.

— Rue Girardon, près du moulin de la Galette !

Au bout de dix minutes, elle s'arrêtait, Bertrand descendit, sonna à une coquette maisonnette fleurie comme une tonnelle. En quelques bonds furieux, il pénétra dans l'atelier du peintre, sans même se faire annoncer. Darthez s'avança, en vareuse et en béret, la cigarette aux lèvres, fortement surpris de cette intrusion.

— Qu'est-ce que ça signifie ?... Qui êtes-vous, monsieur ?

Le comte tendit une carte que le peintre lut tout haut.

— Bertrand de Verlières ?... Connais pas ! Mais votre nom m'importe peu pour l'instant ! Tout ce que j'ai à vous dire, c'est que vous avez une façon de vous présenter chez les gens qui n'est pas du tout de mon goût.

Bertrand serrait les poings, tout grinçant de rage.

— Ah ! monsieur, dit-il enfin, ne me poussez pas à bout.

Je suis venu ici avec la ferme volonté de vous parler avec calme. Je vous engage donc à ne pas me faire changer de résolution ; il pourrait vous en cuire.

Le rouge monta au visage de Darthez. Il s'élança sur son étrange visiteur, hurlant.

— Misérable ! je vais vous faire jeter dehors !

Mais toute sa colère tomba devant le calme de Bertrand, revenu au sentiment exact des choses.

— Je vous ai remis ma carte, dit le comte de Verlières, ce qui signifie clairement que j'ai hâte de me rencontrer avec vous sur un autre terrain que celui de l'art. Comprenez-vous maintenant ?

— Un duel ! mais je ne vous connais pas ! comment aurais-je pu vous offenser ?

— Peut-être connaissez-vous mieux mademoiselle Odette de Saverny ?

— Odette de Saverny ?... pas davantage.

— Oh ! inutile de jouer au plus fin avec moi ! si je suis ici, en ce moment, c'est que l'honneur me commandait d'y venir ; et si je vous pose des questions, c'est que j'en ai le droit, le droit absolu, entendez-vous !

— Ah ! mais, vous me parlez sur un ton que je ne souffrirai pas longtemps.

— Voulez-vous que je me mette à vos genoux et que je vous parle en esclave très humble, à vous, monsieur, qui n'avez pas craint de ternir, de gaieté de cœur, la réputation d'une jeune fille.

Darthez se tenait la tête à deux mains, se demandant, anxieux, s'il avait devant lui un dément, ou si lui-même perdait la raison.

— Je vous en conjure, dit-il, enfin, expliquez-vous, ou vous allez me rendre enragé.

Bertrand, d'abord aveuglé par la jalousie, s'apercevait enfin que la fureur du peintre était sincère.

Il comprit du même coup tout le danger qu'il y aurait à continuer cette charade.

Il demanda donc avec tout le calme dont il était susceptible.

— N'est-ce pas vous qui avez exposé un portrait ?

La lumière se fit aussitôt dans l'esprit de Darthez.

— S'agit-il de mon tableau du salon ?

— Parbleu ! vous le savez mieux que moi !

Et, de nouveau, à l'idée que cet homme qui était là, devant lui, ce grand blond à physionomie étrange de Christ souffreteux, avait pu le devancer dans le cœur d'Odette, des idées de brutalité lui montèrent au cerveau. Il aurait éprouvé un soulagement à casser quelque chose.

Cependant il fit effort pour maîtriser ses nerfs, reprit d'une voix saccadée.

— Oui ! votre tableau... au salon... le portrait de Mlle Saverny...

— Ah ! mon Dieu ! est-ce que la ressemblance y serait ?

— Étonnante ! stupéfiante ! comme si vous l'aviez peinte avec le cœur même.

— Mais, monsieur, je vous jure...

— Oh ! pas de serments ! vos franches explications me suffiront.

— Des explications ! j'en donnerai, s'il le faut, au père de cette jeune fille ou, à son fiancé, si elle en a un.

— Son fiancé !... je le suis... et c'est pour cela.

— Ah ! je comprends ! Eh bien ! je vous confesse que j'ai peint, de souvenir, une jeune fille entrevue, un matin, dans un coin de paysage des environs de Chartres.

— A Saint-Prest, n'est-ce pas ? Enfin, vous y venez donc !

— Ecoutez ! vous jugerez après ! cette jeune personne, dont j'ignorais le nom et la qualité, était curieuse de choses d'esthétique... nous causâmes philosophie.

— Philosophie ! répéta Bertrand avec une nuance d'ironie.

— Oui ! de ce qui vous manque en ce moment.

— Soit ! mais m'expliquerez-vous le rapport de la causerie philosophique, comme vous dites, avec le regard suppliant de la « jeune personne », comme vous dites encore.

— C'est bien simple ! comme mon tableau n'était pas un portrait, j'y ai mis le regard que j'ai voulu.

— Tout beau, monsieur le peintre ! vous avez mis le regard que vous avez voulu sur une figure qui se trouve être précisément un portrait, et un portrait d'une fidélité merveilleuse. Or, il n'y a pas à sortir de ce dilemme : ou ce regard a fait partie de la conversation et veux être expliqué, ou vous l'avez imaginé à plaisir, commettant ainsi ce que je veux bien, pour le moment, appeler une calomnie.

— Pardon ! une imprudence ! une malheureuse imprudence que je suis prêt à racheter sur n'importe quel terrain, mais que vous auriez tort, je crois, d'aggraver par le scandale.

— Le scandale, monsieur, n'est plus à faire. La ressemblance que vous avouez est, dès maintenant, l'objet de la malveillance publique, et demain, sans doute figurera dans les journaux l'incident du salon à peine gazé par des initiales transparentes où le nom du célèbre Georges Darthez se trouvera accolé à celui d'Odette de Saverny.

— Vous n'avez aucun titre, monsieur le comte, à compromettre ce nom par la ville. Je ne vous y ai pas autorisé.

C'est Odette qui vient de parler ainsi, Odette encadrée dans la tapisserie de l'atelier, reste entr'ouvert.

Elle avait eu conscience de l'esclandre probable et, résolue à éviter une rencontre sanglante entre ces deux hommes, elle était venue, sans honte, sûre d'elle-même, comme une jeune fille romaine. Elle lui ta retomber la tenture, s'avança plus pâle qu'un lis, mais la tête haute, l'œil fier.

Bertrand eut un rire nerveux.

— Ah ! ah ! voilà la ressemblance mieux expliquée !

Tous mes compliments, cher maître, vous avez des modèles délicieux.

Darthez s'est redressé, furieux sous l'offense ; il a jeté à terre son pinceau qu'il avait gardé à la main, s'est avancé sur Bertrand.

— Arrêtez ! cria Odette, vous voulez donc me voir mourir de honte ? Ah ! vous gardez le silence, M. de Verlières !

Sachez donc, pour ma justification dernière, que si j'avais un frère et qu'il fût ici, je lui tendrais moi-même une arme pour vous demander raison de vos paroles, indignes d'un gentilhomme.

Bertrand revenait lentement à la réalité.

Il balbutia de vagues excuses.

— Je n'ai le droit de rien interpréter. Ce que vous me dites doit être vrai, puisque vous le dites. Il y a longtemps que j'aurais dû le comprendre.

Je me résigne donc à ma défaite entière, complète ; et, comme il sied à un vaincu, je viens, en vil esclave, me prosterner dans la poussière, humble et repentant. Quelle que soit la réparation que vous exigiez, j'y souscris d'avance.

Il y avait, dans cette déclaration, peut-être encore une raillerie très amère, mais, par-dessus tout, la soumission définitive d'un cœur profondément épris. Odette sembla n'y point prendre garde ; elle reprit :

— Oui ! vous me devez une réparation, et je la veux éclatante. Il m'est pénible de vous jurer que je viens pour la première fois dans cet atelier, et que j'y suis venue seulement pour éviter un éclat. Mais je tiens pourtant à extirper de votre cœur cet abominable soupçon.

— Pardonnez-moi, murmura Bertrand, la tête basse.

— Et maintenant, vous allez vous engager tous deux à cette réparation que vous n'avez le droit, ni l'un ni l'autre, de refuser à ma famille et à moi-même.

Vous, monsieur Danthez, devez par votre présence à l'hôtel de Saverny expliquer l'origine de cette ressemblance... indiscrète. Et c'est vous, monsieur le comte, qui avez le devoir de nous faire cette présentation aujourd'hui même.

Les deux rivaux se regardèrent un instant, avec un peu de colère encore dans le regard. L'habitude d'une politesse exquise l'emporta chez le comte sur la jalousie et le dépit. Il se tourna vers le peintre le sourire aux lèvres. La main tendue en bienvenue, il prononça très digne.

— J'aurai l'honneur, monsieur, de vous présenter ce soir à M. le baron et à Mme la baronne de Saverny.

VII

Dès les premiers jours d'octobre, la baronne ouvrit ses salons. La joie, une joie immense, était revenue dans la maison, car Odette, longuement chapitrée, avait enfin accepté la main de Bertrand de Verlières.

Et, ce soir même, à la face du Tout-Paris des grandes Premières, on allait célébrer leurs fiançailles officielles.

Quoique la saison fût avancée, la soirée restait très douce. Les fenêtres de l'hôtel étaient entr'ouvertes et, sur la terrasse, fleurie comme un jardin oriental, des habits noirs et des corsages largement échancrés se baignaient dans la tiède atmosphère. A l'extrémité du balcon, loin des flons-flons de la musique, Darthez s'est assis, le front dans la main, l'esprit retourné au passé nuageux, aux barres de ténèbres, aux caves d'ombre.

Soudain, une voix connue s'étonne tout près de lui.

— Vous ! vous ici, cher ami ?

Il lève les yeux et reconnaît le docteur Mérijoux, un compatriote, vieil ami de son père.

Fâché d'être si brutalement arraché à son rêve, il répond :

— Oui ! moi ! Qu'y a-t-il d'étonnant à cela ? Ne suis-je pas le peintre ordinaire de la famille de Saverny ? Et n'avez-vous pas vu mes « Premières violettes » dans le salon mauve, couleur des yeux de la baronne ?

— Si ! je l'ai vu, ce fameux tableau ! Et c'est justement pour cela que je suis surpris de vous voir assister à cette fête.

— Qu'est-ce que cela veut dire ?

— Cela veut dire une chose que vous savez peut-être mieux que moi, que Mlle Odette n'aime pas son fiancé, qu'elle ne peut pas l'aimer.

— Et pourquoi donc, s'il vous plaît ?

— Parce qu'elle en aime un autre que vous connaissez bien.

— Imagination !

— Réalité, au contraire... j'ai vu.

— Quoi ?

— Mlle Odette, en extase devant ce portrait, la poitrine gonflée de soupirs, les yeux noyés de larmes.

— Taisez-vous, malheureux ! si on vous entendait !

— Ah ! vous avouez donc !

— Maudit tableau !

Mérijoux continuait à retourner le couteau dans la plaie.

— Et dire que vous voilà confiné dans cette ombre, alors que tout près, dans ces salons magnifiques, Mlle Odette, redevenue belle et heureuse, plus belle cent fois depuis qu'elle peut laisser éclater le naïf orgueil d'une prochaine épousée, éparpille les miettes de son bonheur, sous les yeux ravis de sa famille, fière d'allier son blason éteint aux armes superbes des Verlières. Bonheur factice, je vous le répète, car Mlle de Saverny se ressaisira, et de ce piédestal empourpré et doré, elle retombera dans le noir.

— Oh ! vous êtes cruel !

— Cruel, moi ? Au contraire, je suis douloureusement ému de cette éventualité inévitable. Car je vous le répète, c'est vous, vous seul qu'elle aime. Dites un mot, et ces fiançailles ridicules seront rompues, et M. de Saverny sera tout aussi charmé de rajeunir ses vieux parchemins nobiliaires de vos jeunes titres artistiques.

Darthez, nerveusement, lui prit la main qu'il serra avec force. D'une voix hoquetante, presque craintive, il murmura :

— Vos discours me bouleversent. Vous avez indirectement vanté mon talent, applaudi à mes succès actuels.

Moi, je ne vois plus le présent, ou plutôt il ne compte pas à mes yeux, je ne vois que l'avenir, et il m'apparaît affreusement sombre. Ce monde où vit Mlle de Saverny, je ne le reconnais pas pour mien, j'y vis de par la nécessité de mon art, mais je ne l'accepte pas, mes instincts naïfs, mes sentiments de paysan y sont pris comme dans un engrenage, s'y broient misérablement. Je suis un ours, entendez-vous, un ours mal léché, et je veux rester dans ma tanière. Le monde est trop petit pour moi, trop mesquin, trop étriqué, j'y souffrirais comme un damné.

— Vous exagérez, mon cher, il y a des remèdes à toutes les souffrances, et l'amour guérit de tous les maux.

— Non ! il est des douleurs sans remède, elles rendent farouche et tuent l'amour dans l'œuf.

Un sanglot l'interrompit, et, dans un frisselis de soie, Odette apparut avec son visage pâle des mauvais jours.

— J'ai tout entendu, dit-elle, oh ! bien malgré moi, allez ! car c'est le hasard seul qui m'a conduite ici. J'ai entendu, et je viens vous demander, monsieur Darthez, le sens de vos paroles. Il me semble que j'ai droit à cette explication, puisque c'est de moi qu'il s'agit.

Mérijoux s'était levé, s'inclinait. D'un geste, elle le retint.

— Oh ! vous pouvez rester, docteur. Ce que j'ai à dire, le monde entier peut l'entendre, bien que je doive ouvrir devant vous un coin de mon cœur.

Puis, se tournant, droite et fière, vers Darthez.

— Vous parliez du monde, tout à l'heure, et vous disiez que vous n'aimez pas les conventions qu'il impose, que vous êtes l'ennemi du clinquant.

Croyez-vous donc que je les adore, moi, ces hochets ridicules ? Faut-il que je déchire devant vous ces parures merveilleuses qui me pèsent comme des chaînes de servitude ? Voulez-vous que je dise aux salons un éternel adieu, que je commence avec vous une vie calme et simple ? Ordonnez, maître, j'obéirai.

Tout me sera doux, venant de votre bouche, mais ne parlez plus de cruauté ni de malheur. Le monde vous gêne, dites-vous, on y vit trop à l'étroit.

Ne voyez-vous pas que, dès maintenant, je suis prête à en sortir ?

Le ton de sa voix s'était élevé, mais tout de même le bruit du piano et des violons dominait. Darthez avait d'abord baissé les yeux, comme un écolier pris en faute. Cependant un lent travail se faisait dans sa pensée : placé entre le sacrifice et le bonheur, il hésitait. Mais, bientôt, il releva la tête, répondit bravement à la jeune fille.

— Quoi ! vous voulez sortir du monde, vous qui en êtes le plus charmant ornement ! Mais, voyons, vous n'y pensez pas sérieusement. Et d'abord, vous n'en avez pas le droit ; ce serait un crime de lèse-beauté.

Odette, à ce préambule, avait éclaté en sanglots.

Il continua, sans rien voir de ce désespoir affreux.

— La même loi qui me défend d'entrer dans cette société dorée, vous interdit à vous d'en sortir. Enfant que vous êtes !

Vous avez cru aux billevesées que vous a contées jadis mon imagination vagabonde, vous avez étendu, élargi ma théorie sur l'art de vérité, et vous avez rêvé d'un monde idéal impossible.

Pauvre petite ! mais cet idéal au charme berceur n'est qu'une chimère, une fiction d'esprit maladif, et à chaque pas dans la vie la matière le salut d'une éclaboussure. Sachez-le donc une bonne fois ! tout ce que je vous ai dit naguère n'est que mensonge et fausseté ! le monde, pour vous, c'est le père, la mère, le mari, c'est la conscience sereine du devoir accompli, le bonheur du foyer domestique. Je vous en prie, mademoiselle, ne songez plus à cette folie qui vous hante, puisque ce n'est qu'une folie, combien décevante !

Retournez au salon où l'on doit être inquiet de votre absence, reprenez votre rang et, redevenant enfin vous-même, comprenez le but de la vie qui est de vivre et non de rêver... Adieu !

Il prit le bras de Mérijoux, et tous deux disparurent par une baie de la terrasse. Odette les regarda s'éloigner, et il lui sembla que par cette porte ouverte son bonheur venait de disparaître pour toujours.

— Il ne veut pas de moi, pensait-elle, il m'a dit adieu !

Oh ! non ! ce n'était pas possible ! elle croyait avoir parlé au peintre, et elle ne s'était adressée qu'à son ombre.

Fiévreuse, elle porta la main à son front brûlant, une lueur se fit dans son cerveau. Elle poussa un cri sourd, tomba, inanimée, parmi les fleurs.

Les mères ont sans doute les sens plus affinés que les autres femmes, car rien de ce qui touche à leurs enfants ne leur échappe. Il semble qu'à certains moments leur personnalité se dédouble et qu'elles n'en gardent pour elles-mêmes que la plus infime parcelle.

Mme de Saverny, la première, entendit le cri d'angoisse de sa fille. Elle quitta ses invités, accourut vers la terrasse, suivie de Bertrand effaré.

Le pauvre fiancé était blanc comme un linge. Il restait debout, les bras ballants, devant la douleur violente de la baronne. Mme de Saverny lui jeta, dans une crise de larmes :

— Ma fille se meurt... ranimez-la... mais ranimez-la donc !

Le baron mordillait sa moustache, murmurant dans son accablement :

— C'est sa crise qui la reprend !... Malheureuse enfant !

Bertrand s'était penché sur Odette, toujours sans connaissance ; il souleva sa tête délicate, lui fit un coussin de ses deux bras. La baronne avait débouché un flacon de sels qu'elle faisait respirer à sa fille. Bientôt, sous les soins empressés, Odette revenait à elle. Son regard, d'abord incertain, s'éclaira lentement ; elle vit à ses genoux son fiancé, et auprès d'elle sa mère, les cheveux en désordre, le visage mouillé. Elle comprit, et le rouge de la honte envahit ses joues. Les invités, un à un, s'étaient retirés discrètement. Rassuré maintenant sur l'état de sa fiancée, dont seul peut-être il eût pu traduire l'étrange indisposition, Bertrand retourna au salon. Dans la débâcle générale, devant l'inattention de tous, il prit son canif, lacéra en tous sens le maudit tableau.

Odette tomba gravement malade. En passant devant la toile déchiquetée par une main impie, un frisson l'avait saisie, des gouttes de sueur s'étaient plaquées à ses tempes. Elle voulut parler, mais une hébétude lui pesait sur la tête, brouillait ses yeux, paralysait sa langue. Depuis des mois, son exaltation s'était accrue à la vue de ce portrait d'une si délicate poésie. Et, maintenant qu'elle le trouvait anéanti, il lui semblait que c'était son propre cœur qu'on avait criblé de coups de canif.

La maladie fut longue, elle réclama des soins minutieux. Enfin, la jeunesse l'emporta, tout danger sérieux disparut. Odette renaissait peu à peu de son angoissante torpeur.

Un matin, le docteur Mérijoux dit au baron :

— Je vous rends votre fille, mais n'oubliez pas que pour la conserver il faut une prudence extrême. Dès que Mlle Odette sera en état de marcher, vous partirez pour le Midi. Il faut à la convalescente un air pur, un ciel bleu ; il lui faut surtout, ajouta-t-il tout bas, l'oubli du passé.

DEUXIÈME PARTIE

I

— Savez-vous, mon cher Darthez, que vos cigares sont délicieux ?

Et le docteur Mérijoux regarda les volutes de fumée, d'un bleu diaphane, s'acheminer, en tourbillons de gaze impalpable, vers le plafond aux peintures encore fraîches.

Darthez se rencoigna dans on fauteuil, sourit d'un air satisfait.

— Je les achète au Grand-Hôtel, section étrangère. Ils me coûtent chaud, mais j'ai du moins le plaisir de les voir appréciés par des connaisseurs.

— Et quoi de neuf depuis ces trois mois que je ne vous ai vu ? Les commandes, ça va-t-il cette année ?

— Couci couça ! Il est vrai que je ne les cherche pas. Mon « Supplice des Danaïdes » m'absorbe corps et âme.

— En êtes-vous content au moins ?

— Ça dépend des jours ! Quand j'ai l'esprit brouillé par la moindre contrariété, je trouve cette grande machine idiote, et je regrette de l'avoir entreprise.

— Voulez-vous bien vous taire ? Je parie, moi, que ce sera le chef-d'œuvre du prochain salon, tout comme vos « Premières violettes ». A propos, vous savez que c'est jeudi prochain le mariage de Mlle de Saverny. Vous en êtes, naturellement, vous, le peintre de la famille.

— Oui ! j'en suis, comme Hernani était de la suite de Charles-Quint.

— Pourquoi me dites-vous cela sur un ton mélodramatique ? Ah ! je comprends ! malheureux, vous l'aimez toujours !

Georges se leva, éclata en un rire nerveux.

— Moi, l'aimer ? Ah ! le bon billet « Est-ce qu'on peut aimer, quand on est un rêveur de mon acabit ? On se trouve peut-être un moment fasciné, hypnotisé par ce que je sais quoi qui se dégage de l'essence même de la jeune fille, mais cela ne dure pas. Ce n'est qu'une question de subjectivité, eût dit Schopenhauer. Ce qui est bien certain, c'est que chez l'artiste le rêve tue l'homme.

Le docteur ne semblait pas absolument convaincu.

— Et si ce dédain de l'amour que vous affectez n'était qu'une abnégation déguisée, un renoncement sublime, savez-vous que, de gaîté de cœur, vous vous rendriez le plus malheureux des hommes. Et, ma foi, votre allusion à Hernani, tout à l'heure, n'avait rien de particulièrement folâtre.

— Oh ! une boutade ! Vous savez bien qu'un artiste, un pur, ne peut pas songer au mariage. Il ne peut pas départager sa vie et en tenir une comptabilité en partie double, dont l'une employée à l'art, l'autre consacrée à la popote. Voyons, songez-y bien, cher ami !

Le docteur le regarda longuement, comme Odette l'avait regardé une fois, cherchant à lire au fond de son âme.

Les minutes s'écoulaient dans cette songerie des deux hommes, l'un cherchant un indice, une lueur qui le mît sur la voie du vrai, l'autre s'efforçant de dissimuler ses sentiments intimes. Le docteur comprit enfin qu'il y aurait cruauté à essayer de percer le mystère de l'état d'âme du peintre. Il se leva, tendit la main.

— Avec tout ça, fit Darthez, se frappant le front, je ne vous ai même pas invité à la pendaison de crémaillère de cette nouvelle demeure.

— Comment ! vous pendez la crémaillère ? Première nouvelle !.

— C'est cela, faites l'ignorant ! Ça vous va bien, allez.

Comme si mon déménagement de la Butte à la rue Notre-Dame-des Champs n'était pas un événement parisien par excellence. Comme si ces bavards de journalistes n'avaient pas embouché toutes leurs trompettes pour proclamer urbi et orbi que le maître Georges Darthez, le seul, le vrai, l'unique, comme la belle Fatma, allait convoquer le ban et l'arrière-ban de la littérature et de l'art à sa grrrande soirée.

— Vous savez bien que je ne lis pas les journaux.

— Oh ! oh ! prenez-garde ! Loti pourrait vous attaquer en concurrence déloyale.

Le docteur se prit à rire franchement. Il interrogea sur le ton de son partenaire.

— Et qui aurez-vous à cette grrrande soirée ?

— Vous d'abord, cher ami, car vous viendrez, n'est-ce pas ? puis des cerdeux, le petit Vermont et ses amis César des Basanels, Guy de Mauriennes et Gaétan de Barneterre, les quatre fils « Aimons », comme on les appelle dans les revues de café-concert.

Ensuite, des amis de Montmartre... génies méconnus : Yann Cotrel, le poète mystique ; Antonin Pandon, le sculpteur, in partibus ; Lucien Bréville, le compositeur wagnérien avant Wagner ; et d'autres encore, critiques, chroniqueurs, soiristes et soireux. A dire vrai, j'ai idée qu'on ne s'embêtera pas.

Mais ce que cela m'a donné de tintouin à inviter tout ce monde-là, surtout mes camarades de la Butte, c'est insensé !

— Il me semble pourtant qu'un faire-part ?

— Un faire-part à des bohêmes ? Vous n'y songez pas !

Aucun ne serait venu. Ah ! ce sont gens pointilleux que mes amis de Montmartre, à cheval, ou plutôt à mulet sur les questions d'étiquette.

— Comment ! C'est à ce point-là ?

— Absolument ! Et, pour les posséder une nuit, il m'a fallu gravir trente étages, sans compter les entresols, et monter six cent douze marches.

Car vous savez qu'une loi vieille comme le monde oblige les bohêmes à demeurer plus près des étoiles que du trottoir. Il paraît que les rez-de-chaussée sont impropres à l'éclosion des chefs-d'œuvre poétiques, et que c'est seulement sous les toits, dans la compagnie des chauves-souris, que les compositeurs peuvent trouver des harmonies géniales.

— Et vous êtes sûr qu'ils viendront ?

— Je suis certain qu'il n'y aura pas une défection.

Et vous qui ne les connaissez qu'à la surface, vous verrez de quoi ils sont capables quand ils se trouvent au grand complet, dans un milieu sympathique.

— Alors, cette crémaillère, quel jour ?

— Jeudi prochain !

— Mais c'est jeudi le mariage d'Odette. Simple coïncidence, je suppose ?

— Peut-être, mais qu'importe ? Puisqu'il faut s'étourdir, autant ce jour là qu'un autre.

Donc, à jeudi prochain ! Vous savez que c'est pour neuf heures tapant. Au neuvième cri de mon coucou, on mettra les pieds sous la table.

— Et vers minuit, on les mettra sans doute dans les plats !

— Non, cher docteur, la décence ne perdra pas ses droits, ses droits imprescriptibles, môssieu.

D'ailleurs, mon élève, Raphaël, sera là, en gendarme, pour rappeler au devoir ceux d'entre nous que leur exubérance aurait des velléités à entraîner un peu au-delà des limites permises.

— Ce brave Raphaël en Pandore, ce doit être d'un comique achevé.

— Vous en jugerez par vous-même, car j'ai votre parole, n'est-ce pas ?

Le docteur étendit la main, prononça, très grave :

— Juro !

II

Après le départ de l'aimable visiteur, Georges Darthez descendit à son atelier situé au rez-de-chaussée, au-dessous de l'appartement. Il y trouva Raphaël, son élève, occupé déjà aux chevalets. Darthez lui serra la main, et, silencieux, se remit à sa légende des Danaïdes. Mais, comme jadis à Saint-Prest, des souvenirs étrangers à la peinture le poursuivaient. Le pinceau n'obéissait plus à sa main experte : même l'intelligence de l'œil semblait se voiler sous de mauvaises réminiscences.

Et, pourtant, avec quelle passion il avait entrepris ce tableau et conçu d'immortaliser sur la toile la grandeur de la fatalité antique !

Il avait tâtonné longtemps, s'essayant ardemment à hausser son intelligence d'artiste au niveau de la conception mythologique.

Des journées entières, il était resté devant son ébauche, mécontent toujours de l'expression de douleur poignante des pauvres filles de Danaüs, accablées sous l'horrible châtiment.

Cependant, le travail avançait, l'œuvre prenait corps, et déjà l'inspiration géniale s'y laissait deviner. Mais à présent, Georges se sentait timide, hésitant. Il avait revu, la veille, le « Dante » et « Virgile » de Delacroix, et, placé, par une rapide association d'idées, à côté du maître immortel, il se reconnaissait, lui, le barbouilleur d'hier, un tout petit écolier, un rien du tout.

Et puis, il se sentait malheureux aussi, sans avoir exactement pourquoi, ou sans oser se le demander ; quelque chose d'amer lui barbouillait le cœur, et il s'apercevait bien qu'il donnait trop d'âpreté à ses personnages, l'artiste reproduisant les faiblesses de l'homme.

Raphaël, en parisien finaud, très apte aux analyses psychologiques, s'aperçut aisément que son patron n'était pas en train.

— Maître, dit-il, je crois qu'il serait temps de suspendre votre travail ; il me semble que vous avez des hésitations.

Darthez le considéra des pieds à la tête, d'un air de commisération.

— Enfant, va ! Sais-tu seulement ce que je cherche ? Conçois-tu bien exactement la philosophie de mon œuvre ?

— Je n'aime pas la mythologie, ça n'est pas nature ; je trouve ça trop grand et trop beau.

— Pas nature, le supplice des Danaïdes ! le drame le plus empoignant de la Grèce héroïque ! mazette ! tu es difficile !

— Que voulez-vous ? le moderne m'enveloppe et me pénètre. Je ne comprends que le moderne.

— Ignorant que tu es ! Ignorantissime ! A quoi t'a servi alors de lire les œuvres des maîtres, de bâiller d'admiration devant les monuments impérissables de leur génie, si tu n'as pas compris la supériorité de la conception païenne, supériorité non seulement de forme mais encore de pensée.

Raphaël, un peu démonté, hasarda, timide :

— Tenez ! la Vénus de Milo, voilà de l'art à portée de mon intelligence.

— Parbleu ! C'est parce que cette perle du Louvre tranche fortement sur les autres œuvres de l'antiquité par ce que j'oserai appeler son réalisme.

Aucune idéalisation dans cette statue, aucune altération convenue : ni la grandeur des proportions, en vue de produire la no-

blesse divine, la beauté surnaturelle ; ni le caractère général de
froideur sévère, ni même la hauteur souveraine du visage. La Vénus de Milo, vois-tu n'est qu'une femme, la femme parfaite, j'y
consens, mais parfaite d'après le drame humain fait de misère,
d'amour et de faiblesse.

C'est un admirable exemplaire de la femme grecque, en bon
équilibre de corps et d'esprit ; mais, chez elle, rien de nerveux,
rien de maladif, rien d'ascétique : la nature seulement réalisant
son libre et complet développement.

Captivé par son sujet, Darthez s'emballait à fond

— Tiens ! dans la « Joconde », Léonard de Vinci fait revivre devant nous un autre type de femme, tout aussi réel, je l'avoue, mais
une femme qui reste un mystère à la fois pour nous et pour elle-
même, une femme de qui se dégage un je ne sais quoi d'inconnu,
d'énigmatique, qui inquiète et qui trouble, tandis que la Vénus de
Milo nous laissera éternellement paisibles.

— Voilà justement où ma théorie s'écarte de la vôtre. Dès qu'une
œuvre d'art emprunte sa beauté à quelque vague symbolisme, elle
n'est plus pour moi une œuvre d'art, mais quelque chose de supra-
littéraire dont je ne saisis pas le sens.

— Tu es et tu ne seras jamais qu'un raté si, pour toi, l'artiste
est simplement un ouvrier aux doigts plus ou moins habiles. Or,
je te l'ai dit cent fois, l'artiste est avant tout un homme de sentiment : il sent ce que d'autres pensent, ou plutôt sa pensée à
lui se traduit par un sentiment qui est une force de passion et
d'émotion.

Oui, plus j'y réfléchis, plus je vois que c'est l'antiquité seule qui
a pu donner forme à son idéal imaginatif.

— Mais alors, le progrès en art, qu'en faites-vous !

— Ah ! nous y voilà ! je l'attendais, ce mot-là ! Eh bien ! le
progrès, retardé par les radotages académiques, par l'accumula-
tion des découvertes de la science, le progrès n'est qu'une bulle de
savon qui s'évapore au moindre souffle de l'idéal.

— Autant dire que vous croyez à la faillite du progrès ?

— Si j'y crois ? Est-ce que le progrès n'a pas toujours failli à
son mandat, menti à ses promesses ? Les siècles barbares ont-ils
seulement songé à la classification, au contrôle des recherches '
Cela les a-t-il empêchés d'être heureux ? Le progrès, vois-tu, c'est
l'amélioration de l'outillage industriel, le perfectionnement des machines de guerre pour tuer les hommes, c'est l'extension du commerce par delà les mers et les montagnes. Mais qui donc a jamais
songé à se servir des appareils nouveaux pour établir le règne
définitif de la justice, pour répandre le goût du beau et pour amélio-
rer le sort des peuples ?

— Maître, je crois que vous vous éloignez de la question.

— Mais non ! il s'agit d'art, eh bien ! tu ne nieras pas, je pense,
que l'art soit sujet à des évolutions : il domine ou il est écrasé ;
mais ses types supérieurs, une fois créés, ne sont jamais dépassés
ni même atteints. Il y a bien une autre évolution grandiose :
l'histoire. Mais qui donc la connaît, l'histoire ? Qui peut démêler la
légende du fait historique, le faux convenu, estampillé, du vrai in-
soupçonné ?

Quant à la littérature, elle devrait être étudiée comme la plus
haute manifestation des époques et des races Qui donc s'occupe
de cette étude, à cet admirable point de vue ?

Raphaël était tenace, ne s'avouait pas encore vaincu.

— Vous dites que l'art ne peut dépasser ni même atteindre les
types supérieurs. Or, s'il est impossible à notre orgueil d'arriver à

la création de ces types, pourquoi nous efforçons-nous d'en donner des milliers d'imitations maladroites ?

— Par vanité pure ! pour ne pas nous faire oublier, pour laisser quand même une trace de notre passage. L'artiste sincère, convaincu de son sacerdoce, se met lui-même dans son œuvre, quel que soit le sujet qu'il traite.

Ainsi, mes Danaïdes, c'est moi-même, et si je ne parviens pas à saisir l'expression de leur douleur, c'est que le génie me fait défaut, tout simplement.

— Il faudrait peut-être avoir souffert comme elles.

Georges tressaillit. Il regarda son élève d'un air soupçonneux, comme s'il craignait de lui avoir laissé deviner ses plus secrètes pensées.

Mais Raphaël ne se laissait pas facilement intimider. C'était un moineau franc de Montmartre, curieux et bavard. Et puis, il adorait son maître et, depuis longtemps, désirait lui poser une question qui lui tenait au cœur. Devant le silence obstiné de Darthez, il s'enhardit.

— On m'a souvent demandé pourquoi un peintre de votre valeur, honoré, considéré, un des maîtres de l'art contemporain, s'entête à vivre seul, sans compagne qui lui aide à franchir les écueils de la vie, qui le guide à travers les ténèbres, à qui il confie ses rêves et ses espérances.

— Ah ! on t'a demandé ça ?

— Oui ! beaucoup de vos amis, même des étrangers qui vous ont en profonde admiration.

Georges était visiblement gêné. Il répondit, très brusque :

— Si on te le demande encore, tu diras que j'ai fait vœu de chasteté.

— Vous aurais-je offensé, maître ?

— Non, mais évite dorénavant de m'étourdir de ces futilités. Pour moi, j'estime que le véritable artiste ne peut se dédoubler. Quand on a besoin d'aimer, on prend une maîtresse, n'importe où, sans faire attention à la couleur de ses cheveux, à la plus ou moins parfaite harmonie de son académie, et on la garde tant qu'elle ne nous empêche pas de travailler. Le jour où ce bébé mignon se change en ordinaire crampon, on lui fait une jolie révérence, et on lui dit :

— Bonsoir, petite ! je t'ai assez vue !

Quitte à recommencer le lendemain.

— Ce « lendemain » est peut-être exagéré ? hasarda timidement Raphaël.

— Ah ! ah ! je te vois venir avec tes gros sabots. Tu tiens à me démontrer, n'est-ce pas, que ma théorie n'est pas rigoureusement exacte, puisque je suis moi-même, depuis près de deux ans, sous le joug de Mme Winter.

Il se passe la main sur le front, comme pour en chasser une pensée importune, reprit plus bas, accablé par l'effrayante réalité :

— C'est pourtant vrai ?... Deux ans déjà ! un joli stage !

Il se tut, brusquement ramené en arrière par cette évocation amoureuse. L'image de la jolie blonde vint danser devant ses yeux, et il s'attardait à la contemplation intérieure de ce visage de caresse, de ce corps fait pour la volupté, pour toutes les voluptés. Enfin il se ressaisit, épongea son front baigné de sueur, puis, se tournant vers son élève :

— J'ai un peu de migraine... ton babillage de perroquet m'a cassé la tête, je vais faire un tour.

Il mit son haut-de-forme, donna un pli artiste à sa cravate, sortit en sifflant un air.

Une fois dans la rue, il fut incertain sur la direction à suivre ; des idées de flâne lui trottait par la tête, et il éprouvait une joie d'étudiant à « sécher » l'atelier, à faire l'école buissonnière. Il marcha droit devant lui tout le long d'un boulevard, puis s'égara dans les petites rues de l'extrême quartier latin, si différent de la rive droite et si peu connu des parisiens.

Il croyait s'avancer, hanté par son rêve, non pas à travers des voies classées, mais dans une suite de cours des miracles à peine assez larges pour le passage d'une voiture. Il trouva là un délassement amusant et original de la géométrie ennuyeuse des boulevards et des quartiers riches.

Il allait au hasard, à pas comptés, s'arrêtant tout surpris devant les constructions bizarres, aux grands airs imposants de richesse cossue, datant de plusieurs siècles. Même, les gens qu'il croisait, artisans, ouvriers, oisifs, lui semblaient des êtres étranges, d'une autre époque, mêlés à une autre vie. Cette flânerie le mena, après mille détours, au jardin du Luxembourg. Il entra dans une allée déserte, silencieuse, s'assit sur un banc rustique, loin des piaillements des enfants. Oh ! cet admirable jardin du Luxembourg ! C'était, autrefois, une de ses adorations. Alors qu'il suivait les cours de l'Ecole et logeait ses vingt ans sous les combles d'une vieille bâtisse de la rue de la Harpe, régulièrement, une heure par jour, il s'en venait muser dans ce paradis des oiseaux parisiens. Il en connaissait des coins calmes, les allées retirées où, seuls, les poètes osent s'aventurer. Là, aucun bruit de voiture, nul cri d'enfant : rien que la chanson mystérieuse de la brise filtrée à travers le rideau des grands arbres.

A quoi songeait-il, ce jour-là, la tête enfouie dans les mains ? Peut-être se retrouvait-il, petit garçon, dans le parc du lycée de Tarbes ou s'était écoulée son enfance insoucieuse ? Peut-être revivait-il son existence de rapin studieux dans ce grand Paris enfiévré, et ses luttes contre l'entraînement de la camaraderie bambocheuse, et ses succès d'école et son triomphe final ? Ou encore, se retrouvait-il à Chaville, dans le coin de campagne discret où il avait erré si souvent au bras de Renée, de cette Renée qu'il se défendait d'aimer au-delà d'une époque déterminée, et dont il ne pouvait plus se détacher. Non ! il ne songe à rien de tout cela ! Il se revoit dans ce paysage gracieux de Saint-Prest, au bord de l'Eure qui murmure à ses pieds son timide chant de liberté et d'amour ; et, tandis qu'il peint l'azur introublé, l'or frissonnant des plaines, tout le poème de l'été triomphant, une jeune fille au visage de fierté étrange lui sourit. Et ce sourire est comme un rayon d'en haut qui pénètre en son âme et le grise d'une volupté inconnue. A son tour, il sourit à la blanche apparition, à cette dame de la fontaine, au visage couleur d'aube, il lui explique, avec une gravité lente, des idées bizarres sur un art de vérité ! Odette l'écoute, les yeux étonnés, ne comprenant pas très bien ses paroles, mais s'efforçant d'en pénétrer le mystère troublant.

Lui, sans voir, parle toujours, parle encore, missionnaire d'un idéal qu'il prêche dans un désert.

Avec une prestesse de fée, Odette s'est enfuie par les verts sentiers, mais un prodige a ramené son image sur la toile, vivante, ressemblante...

Des jours et des jours s'écoulent, et voici Odette elle-même, pâle comme la neige vierge, debout dans son atelier de la rue Girardon, écrasant de son mépris le comte Bertrand de Verlières, son fiancé. Et la voici encore dans le joli salon de la rue Bassano, en cette cruelle soirée de fiançailles, la voici qui vient mendier à ses genoux les miettes d'un amour qu'il lui refuse, impitoyable.

Et, maintenant, cette même Odette, de retour d'un long pèlerinage, revient se jeter dans les bras de ce Bertrand qu'elle a dédaigné jadis, mais qu'elle aime à présent, puisqu'elle a accepté d'être sa compagne.

Mais que lui font donc, à lui, sceptique, ces revirements du cœur féminin ? N'est-il pas l'artiste intransigeant, celui qui ne partagera jamais sa couche qu'avec la chimère de l'art, cette maîtresse hautaine et souveraine qui laboure de ses griffes le cœur de tous ses amants ? Il ne sait pas, il ne démêle pas pourquoi sa vue se brouille, pourquoi son âme s'angoisse.

Un chœur d'éclats de rire le tire de sa sombre rêverie. Il aperçoit, campés devant lui, en une attitude narquoise, quelques-uns de ses amis de la Butte, en vadrouille au quartier.

— Donc déjà, déclame Antonin Pardon, le sculpteur « in partibus », tu veux faire pendant au buste de Delacroix ! Voilà plus de dix minutes que nous admirons, les camarades et moi, ton immobilité marmoréenne et tu nous en vois encore tout ébaubis. Là, sans blague, tu ferais très bonne figure dans ce jardin académique : « La peinture antique assise sur les ruines de Delphes et pleurant la mort de l'art. »

Les autres approuvèrent bruyamment la boutade. Georges se leva, un peu honteux, les accompagna à travers le jardin. Chemin faisant, il causèrent de banalités, et, devant le Palais du Sénat, il les quitta, après leur avoir renouvelé son invitation pour le jeudi suivant. En traversant le boulevard Saint-Germain, il fut arrêté un instant par un embarras de voitures. Dans le court moment où il resta à l'abri, sur un refuge, il vit passer devant lui, au petit trot de ses deux pur-sang, une victoria dans laquelle il reconnut la famille de Saverny. Il leva son chapeau, le baron leva le sien, Madame lui fit un gentil salut de tête accompagné d'un sourire ; Odette s'inclina, pincée, très fière, comme devant un étranger.

III

La semaine qui le séparait de la bénédiction nuptiale parut un siècle à Bertrand de Verlières. Il était impatient, fiévreux, ne tenant pas en place, ne sachant comment tuer le temps. Maintenant que le bonheur était là, tout proche, qu'il le sentait à portée de sa main, il était pris d'une crainte puérile de le voir échapper de nouveau comme autrefois. Mille tourments l'assaillaient ensemble, et son esprit à la torture ne lui laissait aucun répit. Il avait toujours devant les yeux de la douloureuse scène des fiançailles, et cette minute d'angoisse horrible où l'adorée gisait parmi les fleurs de la terrasse, comme morte.

Si la crise allait la saisir encore, la tordre sous son étreinte ? Peut-être cette fois n'y résisterait-elle pas ? A d'autres moments, il en venait à se demander si Odette l'aimait vraiment, si sa décision n'avait pas été prise un peu à la légère, et si le prêtre qui allait les unir était certain de faire deux heureux.

Enfin, le jour tant désiré arriva. Il avait été convenu que la cérémonie se bornerait à l'office religieux, à Saint-Augustin, suivi d'un lunch à l'hôtel de Saverny. Le « Tout-Paris » des Premières à sensation vint, à flots bruyants, à l'église où, bientôt, l'odeur de l'encens dégagé des cassolettes de cuivre se confondit avec les essences de cabinets de toilettes des belles madames.

La noblesse, la bourgeoisie et les arts étaient grandement représentés, et la sacristie regorgeait de monde, trop petite pour contenir cette théorie de parents et d'amis accourus pour féliciter les heureux du jour. M. de Saverny, droit et sanglé dans son habit, la moustache cirée, avait l'air d'un général devant le front des troupes ; la baronne exultait dans sa robe de satin violette à longue traîne, toute garnie de dentelles anciennes, les dentelles célèbres des Laplacette achetées à une vente princière. Mais tous les regards allaient à Odette, exquisement jolie, bien qu'un peu pâle. Quant à Bertrand, à peine remis de ses émotions successives, un tel trouble était dans son esprit qu'il lui arriva à un moment de répondre par un : merci, mademoiselle ! qui scandalisa au dernier point la dite douairière qui était bisaïeule.

Personne, dans cette foule bigarrée de snobs et d'indifférents, préoccupés seulement des critiques de détail, personne au monde ne songeait à Georges Darthez. Hélas ! le cœur a des raisons que la raison ne comprend pas ! Le peintre avait voulu jouir du triomphe de son rival. Pourquoi ? Peut-être pour éprouver cette jouissance âpre de la douleur, pour fortifier son âme contre les rancœurs futures ? Peut-être aussi pour revoir une dernière fois, pour envelopper dans un dernier coup d'œil de ravissement celle que, dans son orgueil, il avait rejetée de son cœur ? Quand les époux passèrent devant lui, le frôlant presque de leur bonheur insolent, une brume lui brouilla les yeux, un flot de sang lui afflua à la gorge, et il dut s'appuyer contre un pilier pour ne pas tomber.

Lentement, l'assistance s'était écoulée, il restait toujours à la même place, sans savoir pourquoi, l'esprit égaré. Une main toucha son épaule ; il tressaillit, comme brûlé d'un fer rouge. Le docteur Mérijoux était devant lui, le considérait d'un air de si profonde pitié, qu'il eut honte de sa défaillance. Il s'efforçait de sourire en serrant la main de son vieil ami, inventait un prétexte pour excuser sa lâcheté.

— Figurez-vous qu'on m'a commandé une toile religieuse... alors...

— Oh ! ne mentez pas, dit le docteur, je lis dans votre âme comme dans un livre ouvert. Pourquoi m'avez-vous trompé ?

— Je ne sais pas... je ne peux pas vous dire... quelque chose d'irrésistible m'a entraîné vers cette église.

Mais ne croyez pas que j'aime Odette ? Je suis heureux de son bonheur, et je désire...

— Taisez-vous, je ne vous crois plus.

— Et puis, enfin, l'aimerais-je que je n'aurais pas le droit de me plaindre de ma destinée. Est-ce que je n'ai pas assez crié sur les toits mon exclusive passion pour l'art ?

— Oh ! ne parlez pas ainsi ! Vous n'avez pas le droit de fouler aux pieds l'amour sacré, vous n'avez pas le droit de vous condamner, de plein gré, à un éternel célibat. Vous aimez votre mère, n'est-ce pas ? Eh bien ! c'est lui voler sa part de Paradis sur terre que de ne pas chercher, de son vivant, une compagne digne de vous, digne d'elle.

— Vous avez raison... j'y réfléchirai.

Le docteur lui avait pris le bras, l'entraînait hors de l'église. Il lui demanda :

— Avez-vous confiance en moi ?

Darthez lui serra la main avec force, sans répondre.

— Laissez-moi alors vous donner un conseil : Partez le plus tôt possible pour les Pyrénées ; vous trouverez auprès de votre mère les consolations et l'apaisement dont vous avez besoin. C'est votre mère qui saura, mieux que toute autre, verser dans votre cœur le baume qui cicatrisera la blessure dont vous souffrez toujours.

— Oui ! vous avez raison. Je partirai dès demain, car ce soir je me dois à mes invités.

— Ah ! oui ! la crémaillère ! Du diable si j'y pensais encore et je ne sais vraiment pas si je dois...

— Allez-vous faillir à la parole donnée ?

— Eh bien ! non ! Vous pouvez compter sur moi.

IV

Comme Darthez l'avait prévu, quand le coucou eut proféré pour la neuvième fois son cri monotone, tous les convives se trouvèrent réunis dans l'atelier flambant neuf de la rue Notre-Dame-des-Champs. L'amphitryon avait fait magnifiquement les choses, et la salle à manger éblouissait par le luxe des tentures louées chez Belloir, par la profusion des lumières et toute une orgie de fleurs rares. Au haut bout d'une table en fer à cheval, Darthez trônait, ayant à sa droite le docteur Mérijoux, et à sa gauche son élève Raphaël, affublé non pas en gendarme, mais en carabinier d'Offenbach, drôle au possible avec sa grosse moustache postiche barrant d'une ligne brutale son fin visage d'éphèbe.

Un peu au hasard venaient : le petit Vermont qui, avec son air de ne pas y toucher, avait gagné récemment un gros sac dans les mines d'or, et allait épouser la fille de son patron, l'agent de change ; puis César des Basanes, Guy de Mauriennes et Gaëtan de Basseterre, les quatre fils « Aimons » ; ensuite, les bohêmes de la Butte sacrée, Yan Cotrel, le poête mystique à tête de Christ anémique, Lucien Bréville, le compositeur, Antonin Pardon, le sculpteur ; enfin, des critiques d'art et quelques journalistes mondains. Les bohêmes étaient tous trois en redingote, rasés de frais, cravatés de clair, la barbe soignée, leurs longs cheveux rétifs au peigne savamment rejetés en arrière, à la « membre de l'Institut », et fleurant bon la brillantine.

La veille, ils avaient eu une grande réunion à la Nouvelle-Athènes, une « tenue », comme ils disaient. Ils s'y étaient concertés sur la façon de se conduire dans le monde où l'on a des serviettes et plusieurs verres devant son assiette. Tous trois avaient promis d'être bien réservés, sages comme des images, de n'abuser ni des vins fins ni de victuailles de luxe, surtout de ne pas mettre, au dessert, de cigares dans leurs poches. Yann Cotrel lui-même, qui, malgré ses airs séraphiques, dévorait comme Gargantua, avait juré de manger du bout des dents, avec la discrétion d'un oiseau, ce qui avait fait rire aux larmes les deux autres.

Le premier quart d'heure s'écoula dans un silence à peu près absolu. On n'entendit que le bruit monotone des lèvres aspirant le « potage velouté ». mais après le saumon « sauce hollandaise », les langues se délièrent, et chacun, enfourchant son dada favori, partit de l'avant.

Le docteur Mérijoux observait du coin de l'œil son ami Darthez, dans une crainte de voir tomber tout d'un coup sa gaîté factice, mais Georges paraissait très maître de lui, bavardant beaucoup, sans doute pour s'étourdir, aimable et affable avec tous. Cependant les conversations allaient leur train, échauffées par les vins généreux.

— Eh bien ! demanda soudain Darthez à Pardon, comment te trouves-tu de la vie, mon vieil ami ?

— Ebloui ! hypnotisé ! Jamais je ne me suis vu à pareille fête, ni surtout en si bonne compagnie : les lumières, les truffes, la gaîté... Oh ! mais on est très bien dans le creux de cet arbre, comme dit un personnage d'Augier.

— Tu parles ! approuva Yann Cotrel.

— Enchanté ! reprit Darthez, que ma petite hospitalité trouve grâce à vos yeux.

— Petite hospitalité ! se récria Bréville, mais c'est Lucullus qui dîne chez Lucullus.

Les quatre fils « Aymon » esquissèrent un sourire vague, le sourire de gens qui ne sont pas certains d'avoir compris. Le docteur, lui, ne cachait pas son étonnement.

— Vous allez bien, vous, le stoïcien !

— Moi, stoïcien ! fit le compositeur « in partibus », allons donc ! Par nécessité peut-être, sûrement pas par tempérament. D'ailleurs, voyez-les tous, vos stoïciens de Sparte et de Rome, des farceurs qui avaient inventé une sorte de pose, la plus gênante, j'en conviens, mais une pose tout de même pour passer à la postérité. Platon, Caton et autres Tartempions, tous fumistes et compagnie.

— Jeune homme, dit Raphaël, comiquement grave, je vous rappelle au respect de l'antiquité.

— Bravo, le gendarme ! marmonna Yann Cotrel, la bouche pleine.

— Brigadier, vous avez raison, accorda Bréville, incliné très bas.

Et il reprit de plus belle, mis en verve par l'opposition même qu'il rencontrait.

— Je vous abandonne les antiques et ne ferai plus le procès que des modernes. On ne me forcera pourtant pas à croire que le docteur Tanner qui jeûna pendant quarante jours était un stoïcien, et non un vulgaire mystificateur, un barnum usant de son ventre comme d'une grosse caisse, bien de son temps et de son pays.

— Ça, c'est vrai ! approuva toute la table.

Bréville continuait de verve, emballé, lyrique.

— Relisez Horace, messieurs, relisez cet admirable poète qui, aujourd'hui encore, fait les délices de tous les juges d'instruction à la retraite. Relisez cet écrivain qui avait érigé l'épicurisme en loi supérieure de la condition humaine : Heureux celui qui, loin des travaux de la ville, adore une petit maîtresse et boit dans un grand verre.

Darthez se tenait les côtes, très amusé du pastiche.

De nouveau, Raphaël se leva très digne.

— Orateur, passez aux modernes !

Bréville lui répondit du tac au tac :

— Brigadier, vous avez tort !

Cette fois, ce fut un éclat de rire général.

— Cet animal-là est impayable.

— Il parle comme un livre... prohibé. S'il avait vécu à l'époque romaine, on l'eût nommé tribun du peuple.

— Bravo, M. de Pardon, approuva Darthez.

— Pourquoi m'anoblis-tu ?

— Ne fais donc pas ton enfant du peuple, ton grand'père avait la particule.

— S'il l'avait, je crois bien qu'il l'usurpait.

— Eh bien ! en fait de noblesse, usurpation vaut titre.

— Qu'en penses-tu, mon bon Yann ?

Le poète mystique, absorbé corps et âme dans le découpage d'une cuisse de volaille, répondit sans lever la tête, la bouche pleine à étouffer :

— Ma foi, moi, je n'en pense rien, je ne suis pas documenté là-dessus.

— Savez-vous bien, messieurs, continua Bréville tourné vers les journalistes, que notre ami Cotrel, le dernier barde, est un sentimental de la vieille école.

— Allons donc !

— C'est comme j'ai l'honneur... En quittant l'Armorique, sa patrie, sa bonne femme de mère lui mit au cou une médaille dont il ne se sépare jamais, pas même au bain de vapeur.

— La croix de ma mère, alors !

— Parfaitement ! Et quand il a bien dîné, ce qui, il faut le dire à son éloge, ne lui arrive que tous les trente-deux du mois, il a une phrase, toujours la même, mais une phrase lyrique qui en dit plus long que bien des poèmes : « Je suis un misérable... je déshonore ma famille. »

— Ayez-donc des amis, soupira le pauvre Ylann, moitié figue, moitié raisin.

— Messieurs, intervint Pardon, je demande grâce pour l'amitié. Notre camarade et distingué poète a ses petits défauts comme le commun des mortels...

— On n'est pas des bœufs, murmura César des Basanes.

— Mais il a aussi du talent. Vous en jugerez par vous-même, car je pense bien qu'il ne refusera pas de nous dire une de ses ballades mystiques qui lui valurent, l'an dernier, la palme d'argent aux jeux floraux.

Il y eut un cri général :

— Des vers ! des vers !

— Tout à votre service, messeigneurs, fit le poète, mais je vous préviens, c'est vous les premiers qui demanderez grâce.

— Pas de fausse modestie, intervint Pardon, ça cadre mal avec ton genre de beauté.

On était arrivé au dessert. Au moment où le champagne poussa sa mousse joyeuse alentour des coupes de cristal, le docteur Mérijoux se leva, solennel :

— Messieurs, je bois à l'art, à cette source pure, intarissable, où viennent s'abreuver tous les peuples civilisés.

A l'art, et à Georges Darthez, son vaillant représentant !

Tous, la coupe levée, répétèrent :

— A Georges Darthez !

Le petit Vermont proposa un ban d'honneur. Aussitôt les mains claquèrent en une remarquable inharmonie.

Cependant il se faisait tard. Déjà les journalistes s'étaient esquivés à l'anglaise, suivis bientôt des cercleux. Enfin, les bohèmes eux-mêmes, un peu à regret, se décidaient à extirper leur indolente personne des fauteuils moelleux.

Devant les bougies agonisantes, il ne resta plus que Darthez et le docteur Mérijoux. Ils causèrent longtemps, et, en le quittant, le docteur était convaincu que Georges partirait le lendemain pour les Pyrénées.

[illegible] précipitée vers le mariage, les yeux fermés, [illegible] suprême espoir de trouver auprès de [illegible] contre ce mauvais génie qui la [illegible] droit de la philosophie bourgeoise, [illegible] soleil, devant les splendeurs offertes [illegible]

[illegible]

[illegible] presque qui [illegible] Mais le soir même, toute seule dans sa chambre, [illegible] lasses, la réaction s'opéra. Elle songea longuement [illegible] présente, pesa le bonheur de son fiancé et la [illegible] foi en son amour et toutes ses illusions d'une [illegible] heureuse s'évanouirent. Peut-être avait-elle été un peu [illegible] Mais non ! la raison [illegible]

[illegible]

de sortir victorieuses de la lice. Des scrupules ! elle en aurait juste
assez pour ne pas se faire désigner du doigt. Oui ! ce serait là sa
ligne de conduite ; elle ne permettrait à son mari aucune privauté,
non, pas ça ! Tant mieux s'il se montrait docile, s'il obéissait en
chien soumis à tous les caprices de sa volonté.

Mais s'il se révoltait, fort de son droit, contre ses rigueurs, elle
n'aurait plus de retenue, elle lui jetterait en pleine face son dégoût. Elle avait assez souffert pour un autre, la revanche était proche ; à son tour de faire souffrir.

Et pourtant, son cœur lui criait que Bertrant n'était coupable que
de trop l'aimer, et que son devoir, à elle, était de répondre à cet
amour si profond, si désintéressé. Ah ! oui ! elle s'en moquait bien
à présent du devoir, et de la famille, et des grands sentiments étique-
tés, catalogués, et de l'humanté tout entière. Dorénavant, elle serait
seule maîtresse de ses actions, nul n'aurait le droit de lui en demander compte. Et sa première victime serait ce généreux Bertrand
qui avait le rêve insensé de partager avec elle un bonheur auquel
elle n'avait point aspiré...

Dans le nid douillettement capitonné, tout rose et souriant dans
ses fanfreluches, et meublé avec un goût d'amant attentif aux moindres souhaits de l'aimée, Odette, couverte encore de sa virginale
parure, attendait son mari. L'après-midi, après la cérémonie nuptiale, elle avait cherché vainement, dans le flot des badauds qui as-
sistent à tous les beaux mariages, un visage qu'elle s'étonnait de ne
pas découvrir. Cependant quelque chose lui disait que Georges était
là, dans un coin de la sacristie, qu'il assistait, l'âme endolorie, à
cette explosion de joie officielle. Elle sentait qu'il avait dû souffrir horriblement de la voir heureuse au bras d'un autre, ne se
doutant pas que ce bonheur apparent était tout de commande.
Non ! Georges ne saurait jamais combien elle avait souffert elle-
même, cette dernière nuit passée dans le sanctuaire virginal. Et,
à présent, seule parmi les fleurs, qui l'irritaient encore de leur arô-
me capiteux, elle se demandait, avec une anxiété croissante, ce qui
allait arriver tout à l'heure, au moment de l'inévitable tête-à-tête,
dont rien que la pensée lui faisait monter de dégoût le cœur aux
lèvres. Jamais les réalités charnelles du mariage ne lui étaient ap-
parues si nettes, si complètement nues. Et tout, dans le cadre joli
qui l'entourait, semblait aviver encore ses angoisses, surtout ce
grand lit cérémonieux où l'homme qu'elle n'aimait pas allait l'ini-
tier aux mystères redoutés. Elle qui se sentait dans l'âme des ap-
pétits de dévouement antique, qui rêvait d'héroïsme merveilleux,
elle serait donc condamnée à mettre un masque sur ses sentiments,
à mentir, et encore à mentir. Un moment, elle songea à fuir cette
maison, à s'enfermer dans un cloître pour y vivre la vie de renoncement des sœurs, la vie de dévotion des âmes sans corps, dans l'oubli des bassesses terrestres. Dédaigneuse de ce monde lâchement
égoïste où elle n'avait trouvé que rancœurs affreuses, elle eût
laissé couper sans regret, sans une larme, les tresses fauves de sa
chevelure et emprisonner sous la guimpe son cou de cygne, son
front d'ingénuité. Elle se voyait déjà loin de ce Paris maudit, en-
fermée dans une de ces retraites calmes et pieuses, où les figures
des sœurs passent, pâlies, sous les voûtes sombres, où les voix chu-
chotent, voilées comme les visages. Elle entendait sonner dans son
cœur l'harmonie des cloches vespérales, l'harmonie mélancolique
comme une chanson d'amour idéale. Mais, là-bas comme ici, elle
le savait bien, sa passion l'emporterait sur l'amour divin, et, au
lieu d'une confidente toujours prête à la consoler, elle trouverait
une supérieure qui lui dirait de sa voix funèbre comme un glas,

— Ma sœur, il faut renoncer à toute pensée mondaine !

Non ! non ! elle ne pourrait pas, elle ne pourrait jamais ! elle n'avait pas la foi.

Elle porta une main à son front brûlant, murmura :

— Oh ! ces fleurs ! ces fleurs ! On les a donc mises là exprès, pour me faire souffrir davantage.

Un bruit de pas discret attira son attention vers la porte : Bertrand de Verlières, son mari, le sourire aux lèvres, un sourire de Don Juan sûr de sa conquête, s'avançait, les bras ouverts, tout prêts

à l'étreinte. Il s'assit à son côté, sur la chaise longue, tout près, si près que leurs genoux se frôlaient, que leurs deux haleines se confondaient. Il lui prit la main, la baisa longuement, dévotement, puis ses doigts entourèrent la taille frêle, la serrèrent dans une fièvre. Et il s'attardait à la regarder, à l'admirer, les yeux extasiés, se croyant peut-être le jouet d'un rêve sceptique devant tant de bonheur. Seuls ! ils étaient seuls dans la chambre nuptiale ! Rien qu'eux dans cette chambre embaumée comme une chapelle où une lampe orientale, discrètement voilée répand son mystère

troublant. Il cherche ses yeux, tout à l'heure il cherchera ses lèvres.
Un frisson court dans sa chair palpitante. Seuls ! ils sont seuls, et
elle est sa femme, son bien, sa chose, le joujou qu'il convoitait âpre-
ment. Il la possédera, pour toujours, corps et âme. A lui ces cheveux d'or fauve où le blanc mat de la fleur d'oranger pique sa jolie
note de candeur ; à lui ces yeux de bleuet où il plonge les siens
irradiés de joie : à lui, cette bouche qui a l'innocence des églantiers
sauvages, et d'où les baisers s'envoleront tout à l'heure. Eperdu,
il tombe à genoux, il serre passionnément dans ses bras ce corps
qui s'abandonne. Un désir le hante d'étreindre, de brutaliser, de
déchirer, un désir si ardent, qu'il en souffre dans sa chair brûlée,
dans son cerveau en feu. Il parle pour faire taire les grondements
de la bête ; il dit à Odette quel amour infini il lui a voué et quelle
reconnaissance il lui garde, pour avoir consenti, avec sa jeunesse
et sa beauté, à devenir sa femme. Et, avec des intonations d'une
tendresse exquise, il répétait sans cesse, avec toute son âme :

— Odette... ma chérie... je vous aime... je t'aime !

Elle était comme anesthésiée, incapable même d'un semblant de
révolte. Bertrand, toujours plus hardi, dégrafait maintenant, avec
une lenteur savante, voluptueuse, la robe d'innocence, la robe im-
maculée, gardienne du trésor vierge. Et, tout à coup, devant les
blancheurs offertes, il enferma dans ses deux mains le cou gracile,
aux rondeurs nacrées, et sa bouche enfiévrée se colla aux lèvres de
la jeune femme, s'y souda en un baiser de pâmoison.

Violemment, Odette s'est rejetée en arrière, dans une révolte suprême de pudeur, poussant de petits cris de tourterelle blessée.

— Non ! non ! pas ça... pas ça...

Bertrand la considérait d'un regard trouble, un peu honteux au
fond de cette préface amoureuse, trop cavalière tout de même.

Elle avait toujours son beau geste de suppliante et il s'étonnait
à présent, certain de n'avoir pas outrepassé ses droits de mari.

Odette ne l'aimait donc pas qu'elle se refusait à son baiser ?

Mais non ! c'était impossible !

Alors, pourquoi cette résistance, cet affolement ?

Il ne pénétrerait donc jamais les mystères de ce cœur fermé ?

Redevenu très calme, très homme du monde, il avait pris dans les
siennes une main qui se crispait sur l'étoffe de la chaiselongue, et
il murmurait, câlin :

— Vous aurais-je offensée, ma chérie ? Pardonnez-moi l'excès d'un
amour si longtemps contenu.

Je vous aime tant ! Et songez que c'est la première fois qu'il m'est
permis de vous le prouver...

Mais tout à l'heure, en vous donnant la première caresse de
l'époux, il m'a semblé que vous aviez horreur de mon baiser... Et
maintenant, voilà que vous pleurez. Oh ! voir couler vos larmes
et ne pas connaître la cause de ce désespoir muet.

Devant le silence obstiné d'Odette, sa voix se fit cinglante, im-
périeuse.

— Mais parlez donc... dites-moi quelque chose.

Elle ne sut que répondre, entre deux crises de larmes :

— De grâce, laissez-moi... j'ai besoin d'être seule.

Il s'était levé d'un mouvement brusque, son regard était devenu
dur. Il éclata d'un rire où roulaient comme des sanglots.

— Imbécile que je suis ! Je comprends... je comprends ! Ce n'es
pas moi que vous aimez... c'est l'autre... l'autre... l'amant idéal... le
beau Darthez, à qui vous avez servi de modèle.

Il sembla à Odette qu'elle venait d'être souffletée en pleine face.
Elle se redressa sous l'injure, ses admirables cheveux fauves dé-
noués, la gorge offerte, superbe d'impudeur. D'un mot, elle eût

pu se justifier, s'innocenter à jamais. Elle ne le dit pas, ce mot, par orgueil indomptable, mais elle cria, inconsciente du mal qu'elle faisait, dédaigneuse des conséquences épouvantables.

— Eh bien ! oui ! c'est lui que j'aime... lui... lui... lui... entendez-vous !

Bertrand était resté muet de stupeur. Une angoisse l'avait pris à la gorge, semblable à l'étreinte d'une corde de bourreau. Il marchait à travers la chambre, d'un pas fiévreux, poussant des exclamations sourdes. Redevenu enfin à la réalité lamentable, il s'arrêta devant Odette, mais son attitude, son geste décelaient, non plus l'amant attentif au sourire de l'aimée, mais le justicier prêt à frapper la femme coupable. Il articula nettement :

— Ainsi donc, vous m'avez juré fidélité à la face de Dieu et des hommes, et c'est le jour même où vous avez prononcé ce serment que vous me crachez à la face l'ignominieuse vérité !... Mais quelle femme êtes-vous donc ? Où avez-vous appris l'art des hypocrisies ! Comédienne ! comédienne !... Oui ! voilà ce que vous êtes : une cabotine d'amour.

Et, la désignant d'un suprême geste de mépris, comme il eût fait d'une fille :

— Et c'est ça que j'ai épousé ! une créature que je croyais blanche comme un lis, fleur de pureté épanouie dans une atmosphère de candeur !

Et cette bouche que j'avais le droit d'espérer vierge du baiser, cette bouche impure a laissé sur d'autres lèvres les prémices de l'amour !

Et moi, aveugle et sourd, qui n'ai rien vu, rien compris. Où donc avais-je la tête ?

Elle, affalée, effarée, petite bête morte à l'amour au moment d'y goûter, murmurait, les bras levés en invocation.

— Par pitié !... taisez-vous monsieur... vous voyez bien que je souffre !

— Ah ! vous souffrez ! pauvre femme ! Et moi je suis si heureux ! mon Dieu, suis-je donc heureux ! Ah ! j'en ai du bonheur !... j'en ai à revendre !

Tenez ! j'ai envie de m'établir marchand de bonheur dans un passage des boulevards : Qui veut du bonheur ? on ne le vend pas, on le donne ! Qui veut du bonheur ?

Elle ne comprit pas le cri de souffrance atroce du mari, elle ne retint que l'ironie cinglante des paroles de l'homme. Elle répéta de sa voix douloureuse.

— Encore une fois, monsieur, épargnez-moi... vous voyez bien que vous me tuez.

— Oh ! ne craignez rien... je n'ai pas l'intention de vous traiter à la cosaque. Ce sont mœurs de rapin qui répugnent aux gens de mon monde.

Elle s'était caché la figure de ses deux mains, ne voulant plus voir, ne voulant plus entendre, appelant de ses suprêmes vœux un cataclysme qui les eût anéantis tous deux. Bertrand lui dénoua les doigts, délicatement, la regarda bien en face.

— Ecoutez, madame, il faut que vous m'écoutiez ! Vous m'avez indignement trompé. Je compte pour rien le mal épouvantable que vous m'avez fait en jouant avec mon cœur, insouciante comme une gamine s'exerçant à la raquette. Je ne vois que l'éclaboussure à mon nom, la tache honteuse que j'aurais le droit de laver dans le sang.

Ce nom de Verlières avait toujours été porté avec honneur, je ne veux pas, entendez-vous, je ne veux pas qu'il soit souillé par vous.

Dès que les convenances le permettront, et pour ne pas faire mourir de douleur vos parents, j'introduirai une action en divorce. Alors, libre, vous pourrez allez retrouver l'autre... le barbouilleur, que je n'envie même plus, car vous le tromperez un jour comme vous m'avez trompé moi-même. J'aurais pu vous chasser de cette maison que vous déshonorez, mais je suis une bonne bête, et la pitié chez moi l'emporte sur l'indignation. Restez-y donc... ne serait-ce que pour le monde... je vous cède la place. Adieu, madame, vous êtes morte pour moi.

Elle comprenait enfin : il la chassait de son cœur, comme une gueuse. Elle voulut se lever, se dresser dans une dernière protestation, mais elle fut impuissante à sortir de son accablement.

Bertrand était arrivé à la porte. Il étendit la main, d'un geste hautain qui défendait à Odette de le suivre, sortit sur cette nouvelle ironie.

— Adieu, joli modèle !

VI

Quand elle se retrouva seule, avec sa robe d'innocence maculée, déchiquetée, et qu'elle comprit que Bertrand en partant avait emporté toute sa joie de vivre, elle porta la main à ses yeux, et, secouée par une crise de larmes, la gorge hoquetante sous les sanglots, il lui sembla qu'elle devenait folle.

— C'était donc vrai... elle l'avait chassé !

Et pourtant, c'était le bonheur qu'il lui offrait, des deux mains, des lèvres, du cœur. Mais aussi, comment pouvait-elle mentir, prostituer sa pensée en lui jurant une existence de dévouement, de sacrifice, de tendresse ? Son cœur n'était-il pas lié à un autre ?

Et, aussitôt, elle eut cette pensée sinistre.

— Si j'en finissais une bonne fois avec cette vie de misère où, comme Georges me l'a dit, l'idéal est sans cesse éclaboussé par la matière, quand il n'est pas foulé aux pieds, meutri abominablement. Oui... me tuer... ça vaudrait mieux !

Mais, tout de suite, la réaction se produisit, et, dans une nouvelle crise de larmes coupée de rire :

— Et puis non, après tout ! N'ai-je donc pas le droit d'être heureuse comme une autre, de vivre et d'aimer comme la dernière femme du peuple. Oh ! lâche ! lâche que je suis !

Et toutes les rancœurs charriées depuis des semaines lui remontaient du cœur, l'étouffaient.

Elle se leva, fiévreuse, se regarda dans une psyché. Elle devait être affreuse, laide à faire peur. Mais non ! seulement très pâle. Un sourire lui vint devant ce retour de coquetterie. Elle ne pensait plus à Bertrand : il lui semblait qu'elle ne l'avait jamais connu ; tout son cœur, toute son âme s'en allait vers l'autre, vers Darthez qui, seul, était l'idéal de son rêve de femme. Oh ! celui-là, elle l'aimait vraiment, et d'une passion profonde, impérissable. Elle ne se disait pas qu'elle n'avait plus le droit de l'aimer. Que lui importait ce semblant de mariage consacré par un texte imbécile et des bribes de sermon à tant la période ! Puisqu'elle aimait Georges, et que Georges l'aimait, elle lui appartiendrait, ne fût-ce qu'un jour, ne fût-ce qu'une heure, quitte à payer d'un éternel martyre ce moment de jouissance si convoité. Elle serait sa maîtresse, sa chose, son esclave. Oh ! il pourrait la mépriser après, la chasser comme une courtisane ; elle en aurait encore de la joie. Elle lui dirait :

— Vous m'aimez, prenez-moi !

Mais, encore une fois, Georges ne la repousserait-il pas dans la rue, comme il l'avait repoussée dans le salon de la rue Bassano maintenant qu'il la savait liée par un solennel serment ? Oh ! non ! Georges était trop noble, trop généreux ! Et, avec une expression d'ineffable ivresse, elle se rappelait cette chère vision passée, l'idyle ébauchée à Saint-Prest, au bord de l'Eure, devant le moulin de la Plâtrière où elle s'était arrêtée en contemplation devant cet homme qui connaissait le secret d'un bonheur idéal. Elle revoyait cette poétique tête d'artiste aux grands yeux chercheurs d'infini ; elle entendait les vérités qui sortaient de ses lèvres, imprégnant toute son âme d'une fraîcheur d'illusion inoubliable. Et elle répéta encore :

— Je serai sa maîtresse !

TROISIEME PARTIE

Quand Bertrand de Verlières débarqua de la gare de Lyon il y avait exactement un an qu'il était absent de Paris. Il s'était enfui comme un fou, sans savoir où il allait, au lendemain de la douloureuse scène nuptiale où sombrèrent toutes ses illusions de bonheur ; … Il avait voulu aller loin, le plus loin possible de cette femme qui lui avait broyé le cœur, et dont il ne parvenait pas, malgré tout, à chasser l'image de sa pensée. Livré à lui-même, il fit son examen de conscience, ne trouva rien à se reprocher, sinon une extrême naïveté.

Avait-il été assez serin le jour où, dans l'atelier de la rue Girardon, il avait pris pour argent comptant les protestations indignées d'Odette ! Et cette nuit donc, où dans l'hôtel en fête, sur la terrasse fleurie pour un gala blanc, elle avait encore prostitué son baiser de fiancée ! Pourquoi, ce soir-là, avait-il lacéré le fameux tableau … est dans une gaîne vivante qu'il eût dû enfoncer son canif, dans la peau de ce peintre maudit. Morte la bête, mort le venin ! maintenant, c'était trop tard !

Le corps rompu d'une nuit blanche passée à se lamenter, la tête vide, il eut un moment de désespérance ; mais ses nerfs reprirent le dessus, et, résolu à vivre quand même, l'âme éclairée d'une vague luciole d'espoir, il comprit que, pour le moment, le remède qui s'imposait, remède radical, c'était de tuer l'amour par l'amour.

Il ne cherchait qu'à s'étourdir, qu'à oublier ; il voulait briser son corps sous la lassitude des basses voluptés, il voulait jouer, boire, aimer, dépenser toutes les heures, toutes les minutes du jour et de la nuit dans des ivresses où se noierait forcément sa douleur.

Au cercle, il eut un bonheur insolent, râflant avec une régularité qui semblait tenir du rastaquouérisme les enjeux formidables de ses partenaires.

Au jeu de l'amour, sa chance ne fut pas moins grande. Tout ce que Venise comptait de beautés vénales, courtisanes et grandes dames, lui fredonna l'éternel mensonge.

A Milan, où sa réputation de Don Juan l'avait précédé, la haute société, très pudibonde, lui tint rigueur et lui ferma ses salons. Il se rabattit sur le corps de ballet de Bellini où triomphait alors la vertueuse Clara Passé maître en l'art de dresser des embûches amoureuses, il ne lui fallut guère plus d'un mois pour vaincre les derniers scrupules de la belle ballerine et en faire son esclave, sa chose. Sous ses dehors de froideur étudiée, longuement travaillée, Clara cachait une âme ardente au plaisir. Pas cabotine pour un sou, elle ne fréquentait aucune comédienne vénale, n'admettant point que l'argent pût jouer un rôle en amour. De naissance aristocratique, de la vieille maison des Lisberg, et possédant une jolie fortune indépendante, elle s'était brouillée avec toute sa famille le jour où la tarentule des planches l'avait piquée au mollet.

Bertrand de Verlières lui plut par ses manières raffinées de grand seigneur rompu à toutes les courtoisies galantes. Elle l'aima follement, avec des fièvres d'Italienne, au point de négliger son art qu'elle adorait. Ce n'était pas ce que voulait Bertrand. Dans son besoin de s'étourdir, il ne recherchait réellement que la lassitude des sens ; des amourettes, parfait ! mais pas d'amour, son cœur était pris ailleurs. Il en eut bientôt assez des abandons langoureux de Clara, de ses chaudes caresses, de ses pâmoisons. Un beau matin, le cœur toujours malade, il reprit la route de France, sans se douter, l'ingrat, qu'il laissait derrière lui une maîtresse éperdument éprise, qui faillit devenir folle en apprenant sa fuite soudaine, sans un mot d'adieu, sans une larme de regret.

Quoi ! ce Français, gentilhomme jusqu'au bout des ongles, la lâchait comme une grue. C'était inouï, c'était incroyable ! Et elle jurait bien de se venger, ou elle y perdrait son nom.

II

Abandonné de nouveau à lui-même, sur le pavé de Paris, fermement résolu à ne voir personne, surtout à n'être pas vu, mais n'arrivant pas à neutraliser son besoin de curiosité, à éteindre sa soif de sensations, il avait imaginé de se loger à l'angle dans la rue Notre-Dame-des-Champs, dans un rez-de-chaussée ayant vue sur le pavillon de Georges Darthez. L'appartement, luxueusement meublé, lui avait plu tout de suite ; il eût été moins confortable qu'il s'y fût installé quand même, tant sa situation lui convenait. Il déjeuna dans un resaurant du quartier, fuma un cigare dans les allées perdues du Luxembourg, retourna chez lui où, le front collé aux vitres, il attendit les événements.

Or, tandis qu'il observait ainsi les êtres et les choses du voisinage, Risette, un modèle de Darthez, le dévisageait de son côté, cachée en un coin de l'atelier.

Etrange petite fille que cette Risette !

Un bout de femme de rien du tout, paraissant quinze ans à peine, en ayant peut-être plus de vingt ans, sans gorge et sans hanches, avec une petite frimousse éclairée de deux yeux fouilleurs, museau d'écureuil où riait d'un rire adorable une bouche aux coins moqueurs. C'était un des passe-temps préférés de cette gamine vicieuse d'épier les fenêtres voisines, de « faire la voyeuse », comme elle disait.

L'arrivée de Bertrand dans son champ d'observation l'avait vivement intriguée ; elle le guetta, avec des prudences de chatte en quête d'une souris, soliloquant dans son jargon faubourien.

— Qu'est-ce qu'c'est que c't'oiseau-là ? D'où ça sort-il ? Sûr, c'est quèque beau pigeon qui attend sa tourterelle Mais pourquoi qu'il s'entête à reluquer dans notre turne ? C'est-y un de nos modèles qu'il guigne ? Sarah-Tampon, ou Nini-Folle-d'Amour ? Oh ! non ! c'est trop purée pour lui ! Ah ! j'y suis . Il doit surveiller une femme du monde... une grande tralala... sa femme peut-être... oui ! oui ! c'est bien ça... c'est un jaloux...

Heureuse de sa perspicacité, elle battit l'une contre l'autre ses mains d'enfant dont les doigts grêles rendirent des bruits de castagnettes. Oh ! non ! elle ne s'était pas trompée ! Elle savait trop bien ce que c'était.

Car elle aussi était jalouse, la pauvre cendrillon, oui ! jalouse de la belle Mme Winter qui, de plus en plus, accaparait son maître.

Souvent, l'idée lui était venue de se glisser, à pas menus, derrière la grande darre su rire énervant, de lui donner, dans l'ombre de l'escalier, une traîtresse poussée qui l'eût précipitée en bas des marches, lui rompant bras et jambes, meurtrissant affreusement son visage de poupée de luxe.

D'autres fois, c'étaient des envies de planter ses ongles de petit vautour dans les chairs blanches de la belle blonde, de serrer de ses doigts secs le cou grassouillet, de serrer jusqu'à ce qu'elle entendît un couic semblable au râle d'une caille agonisante. Mais elle n'osait pas, par crainte des représailles du peintre. Et puis, quand même elle tuerait Mme Winter, à quoi cela l'avancerait-il ? Elle savait bien qu'après celle-là ce serait une autre, puis une autre encore, et qu'il faudrait toujours recommencer. Et même, aurait-elle le pouvoir de chasser toutes les femmes de l'atelier, comme d'un lieu de pestilences, elle-même ne prendrait jamais la place de sultane favorite. Elle laissait donc aller les choses, éprouvant une jouissance âpre à écouter aux portes, ou derrière les plis des tapisseries ; et ses quenottes de jeune louve grinçaient affreusement au claquement des baisers surpris, aux soupirs du divan complaisant.

Oh ! si tout de même elle avait deviné juste ! Si ce beau monsieur était le mari de Mme Winter ! Quelle veine ! Ce serait un rude atout dans son jeu ! Pif ! paf ! boum ! coups de revolver et flaques de sang ! Ce serait toujours ça !

A l'heure du déjeuner, elle vit Bertrand quitter son observatoire. Se doutant qu'il sortirait, elle résolut de le suivre, de l'escorter hardiment, pour savoir qui il était, ce qu'il voulait.

L'arrivée de Renée ne fit que l'affermir dans sa résolution. Ber-

trand avait vu la visiteuse, il l'avait suivie, mais à dix pas d'elle, il avait reconnu son erreur. Un peu honteux d'avoir découvert ce qui ne le concernait pas, il remonta et au bout de quelques minutes, il vit deux jeunes femmes qui causaient avec animation sous les fenêtres du peintre.

L'une était Mme Hamilton, il n'eut pas cette fois aucune peine à la reconnaître. Mais l'autre, dont il ne voyait que le dos, l'autre à peu près de même taille, et sobrement élégante, oh ! cette autre qui était-ce ?

Son cœur sautait dans sa poitrine, et une exclamation crapuleuse lui vint aux lèvres.

Il se leva, prit son revolver chargé, dégringola l'escalier. Les deux femmes étaient toujours là ; elles ne s'étaient pas déplacées d'un pouce. Il s'avança lentement, prudemment, réfléchissant sur l'éventualité d'une rencontre avec sa femme. Que ferait-il ? Tuer

Darthez ? La belle avance. Le jury l'acquitterait, bien sûr, mais il serait encore plus odieux à Odette.

D'un autre côté, comment chercher querelle au peintre ?

Une première fois déjà, il s'en était fort mal trouvé.

Lui dirait-il :

— Monsieur, j'ai vu deux dames entrer chez vous, je les ai espionnées, ce qui n'est pas très beau, et j'ai surpris le secret de Mme Winter, ce qui est fort laid.

Quant à sa compagne dont je n'ai entrevu que la taille, je crois que c'est ma femme. Belle logique, ma foi ! Plongé dans ces réflexions, il s'était arrêté sur place, jetant par intervalles des regards embrasés sur les deux amies toujours à bavarder, quand une ombre se dressa devant lui. C'était Risette qui lui chuchotait, effrontée.

— B'jour, m'sieur !

Etonné, il ne savait s'il devait rire ou se fâcher.

Elle ne lui laissa d'ailleurs pas le temps nécessaire à l'une ou l'autre de ces alternatives.

Familière, elle proposa.

— M'sieur, offrez-moi un bock, et je vous raconterai quelque chose qui vous intéressera bien, M'sieur.

Il accepta, sans savoir pourquoi.

Assis en face l'un de l'autre, à la brasserie, Risette lui dit, sans autre forme oratoire :

— J'aime les maris jaloux, moi, et je suis sûre que vous êtes un mari jaloux, pas vrai, hein ?

Il se pinça les lèvres, interrogea à son tour.

— Mais toi, d'abord, qui es-tu, petit bonhomme ?

— On m'appelle Rosette. Depuis bientôt un an, je pose la tête chez le maître Georges Darthez.

Bertrand s'étonnait que cette mignonne créature fût livrée si jeune à la promiscuité perverse des ateliers.

— Quoi ! tes parents n'ont pas trouvé pour toi de métier plus convenable, plus honnête ?

— Mes parents ? je ne les ai pas connus.

— Alors, tu es seule au monde ?

— Seule, non, j'ai une sœur, Lolotte, mais je ne la vois pas.

— Ah ! pourquoi ?

— Elle a mal tourné !

Cette constatation pénible émanant de la petite gamine vicieuse qu'elle apparaissait fit monter un ironique sourire aux lèvres de Betrand.

Elle n'eut pas l'air de s'en apercevoir, continua, volubile :

— Et puis, en v'là soupé sur ma famille. Je ne suis pas chez le juge d'instruction.

Il sourit, lui tapota la main gentiment pour la rassurer. Elle reprit.

— Je vous l'ai dit, j'aime les maris jaloux, c'est pour ça que je vous gobe. Est-ce votre femme qui vient voir le patron ? je l'ai toujours soupçonnée d'être mariée.

— Il y a longtemps qu'ils se connaissent ?

— Oh ! depuis des mois et des mois. Ils se connaissaient déjà quand je suis entrée à l'atelier.

— Et ils se voient souvent !

— Au moins deux fois par semaine. Et ce qu'il l'aime ! faut entendre ça : mon coco par ci, mon chou par là.

— Comment est-elle de figure ?

— Blonde, avec des yeux bleus.

C'était bien le portrait d'Odette, mais c'était aussi celui de Renée.

Bertrand, aveuglé par la jalousie, ne réfléchit même pas à cette dualité trompeuse.

— Tu ne sais pas son nom ?

— Vous pensez bien que je le lui ai jamais demandé. Si le patron savait que je m'occupe de ce qui ne me regarde pas, il y a longtemps qu'il m'aurait balancée.

— Mais comment as-tu pu connaître par le détail ces relations ?

— Tiens ! en écoutant donc ! c'est pas bien malin, allez ! J'ai une cachette que je vous montrerai. Venez ici demain, vers cinq heures, c'est le jour de la belle blonde. Je vous ferai monter chez nous par l'escalier de service, et nous causerons en attendant.

— Alors, bien sûr, je te trouverai ici ?

— A cinq heures ! aussi sûr que je m'appelle Risette.

— C'est bien, j'y serai.

Il se leva, la tête perdue, les jambes molles. Le garçon avançait sa face de fouine ; il lui jeta vingt sous, s'enfuit comme un malfaiteur. Mais il était écrit que sa première journée de mari policier serait mieux remplie encore. Tandis qu'il flânait, incertain sur la façon de tuer le temps, il aperçut Georges Darthez qui hélait un sapin. Il le fila jusqu'à la gare Saint-Lazare, monta en même temps que lui dans le train de Versailles, descendit derrière lui à Chaville. Le peintre ne se retourna pas une fois, la tête trop agitée sans doute d'une pensée unique pour s'imaginer qu'un homme pût être attaché à ses pas.

Le crépuscule étendait déjà sur la campagne son voile de mélancolie, quand Bertrand vit son rival entrer dans la villa des Loriots, l'élégant cottage de Mme Winter. Inconscient de ses actes, il pénétra dans le parc touffu en franchissant une haie vive, se cacha dans de hautes touffes de bruyères.

Pourquoi était-il venu là, au risque de se faire prendre pour un voleur de nuit, et de recevoir une charge de chevrotines ? Pourquoi ? Est-ce qu'il savait ?

La jalousie le rendait fou, et, dans sa pensée, cette maison retirée en pleins champs devait abriter les coupables amours de Georges et d'Odette.

Tout à coup, il tressaillit jusque dans ses moelles.

Deux ombres s'approchaient de sa cachette, tendrement enlacées. Et, à ce moment même, comme par une étrange compassion des choses, un rayon lumineux venu de l'habitation, éclaira en pleine face l'inconnue mystérieuse ; il reconnut Renée. Soulagé d'un poids de plomb, il se sentit ridicule, stupide. Si on le découvrait maintenant ?

Georges et Renée s'étaient assis sur un banc rustique, à portée de sa voix. Ne pouvant plus s'échapper sans éveiller l'attention, il fut obligé d'entendre la suite de leur conversation.

III

— Vous me prétendez généreuse, disait Renée, et je ne suis qu'une égoïste, une vilaine égoïste.

Mais ma nature est ainsi faite de me procurer toujours la plus grande part du bonheur à ceux que j'aime. Cette pauvre Odette n'est chère comme une sœur ; pour elle, je suis capable de toutes les faiblesses et de toutes les excuses. Pour elle, je pourrais condescendre à la faute et compatir à l'adultère. C'est que ma religion est plutôt faite d'amour que de morale.

Je plains Bertrand, oh ! oui ! je le plains de tout mon cœur, et j'aurais voulou son bonheur en elle, parce qu'il l'aime, mais je ne puis m'irriter contre Odette, car je la veux heureuse aussi.

— Croyez-vous donc que tout bonheur lui soit à jamais interdit ?

— Hélas ! je le crains. Car cet amour dont elle souffre, la pauvre enfant, cet amour en vain contrarié par la surprise d'un mariage qui n'a pas lié son cœur, a repris son cours naturel avec la fureur du torrent qui méprise l'obstacle.

— Je crois plutôt que c'est une fièvre d'exaltation pour ainsi dire mystique qui tombera au premier souffle de la saine raison.

— Puissiez-vous dire vrai, mais j'en doute, car je connais Odette. Je sais qu'elle ne sera jamais ce que la plupart des hommes recherchent dans une maîtresse, un instrument de jouissance maté rielle, ou une satisfaction de vanité !

— Oh ! méchante ! En calomniant ainsi les hommes, vous me calomniez du même coup. Vous savez pourtant que je vous aime autrement, moi, et que mon vœu le plus cher est de passer ma vie à vous le prouver.

— Et les principes, qu'en faites-vous ? les principes immuables qui ne permettent pas à l'artiste de se dédoubler ?

— De grâce ! ne pensez plus à ces vieilles rengaînes. Ce sont chimères de solitaire qui s'évaporent toujours au contact de l'être adoré.

— Mais Odette, vous ne l'aimez donc plus ?

— Faut-il vous jurer que je ne l'ai jamais aimée ? J'ai éprouvé pour elle je ne sais quel sentiment supra-terrestre, fait d'admiration et de compassion. un sentiment si élevé que je n'en connais de tels exemples que dans les vieilles légendes, tenez ! quelque chose comme l'amour des troubadours pour les princesses lointaines.

Renée éclata de rire, de son joli rire en cascade.

— Mon cher, voulez-vous que je vous dise ? Eh bien ! vous n'êtes pas un homme, mais un saint, amoureux seulement d'absolu et d'insaisissable.

— Je vous en prie, Renée, ne plaisantez pas. Si ! je suis un homme ! c'est Odette qui n'est qu'une demi-femme !

Vous savez quelle fut ma conduite quand, après mon retour des Pyrénées, je me suis trouvé un jour en tête à tête avec elle, dans ce même salon de la rue Notre-Dame-des-Champs, témoin de nos tendres entretiens.

— Oui ! je sais, vous avez joué le rôle de Joseph avec Mme Putéphar.

Georges n'entendit pas la méchante insinuation. Il poursuivait les yeux perdus dans un rêve douloureux :

— Elle me conta les cruautés de cette nuit nuptiale où Bertrand, voulant faire acte de mari, la blessa au cœur, tua son amour pour toujours. Je la vois encore, à mes pieds, me confessant sa passion avec des mots haletants, entrecoupés de sanglots, Je la pris dans mes bras où elle resta immobile, impassible comme une statue dont les yeux seuls vivraient.

A ce moment-là, lui dire la vérité crue, c'eût été la tuer nette ; je préférai mentir.

Je lui murmurai tout ce que la plus ardente, la plus délirante passion peut imaginer de protestations d'amour.

Les mots se pressaient sur mes lèvres, je parlais à demi-voix, haletant, et je sentais sa gorge se soulever, tressauter sous les spasmes. Et, tout à coup, ce parfum de fleur idéale me monta au cerveau, me grisa d'une ivresse que j'essayais en vain de chasser, et ma bouche s'accola à la sienne en un furieux baiser.

Alors, elle se dressa d'un bond, comme une tigresse, les yeux mauvais, la bouche écumante. Je me traînai à ses pieds, la suppliant de me pardonner ; elle était déjà la porte. M'ayant jeté un dernier regard de colère indicible, elle sortit, et je ne l'ai plus revue.

— Malheureuse Odette ! Elle a voulu réaliser son rêve de l'amant idéal, et la brutalité de la vie l'a rendue plus misérable en lui démontrant que l'idéal n'existe pas en amour.

— Pauvre enfant ! comme je la plains !

— Oui ! elle est vraiment à plaindre. Depuis qu'elle est retournée chez ses parents, elle n'a pas quitté la chambre, et elle se consume lentement d'une maladie à laquelle les plus grands médecins ne comprennent rien.

— Sait-on ce qu'est devenu son mari ?

— On l'ignore ! mais moi, j'ai bien peur que son désespoir ne l'ai conduit aux pires extrémités.

— Oh ! simple supposition que rien ne justifie. Il est plus probable qu'il aura surmonté sa douleur. Il est homme, après tout, et à son âge on ne se contente pas d'aimer en effigie.

Une fraîcheur commençait à descendre des grands arbres ; les deux amoureux se levèrent, s'éloignèrent lentement.

Bertrand n'entendit plus que le rire perlé de Renée, puis les lumières s'éteignirent dans la maison, et il ne lui arrivait plus d'autre bruit que le frisselis des feuilles doucement agitées par la brise du soir.

Il faisait peine à voir, le brillant gentilhomme. Des gouttes de sueur lui dégoulinaient de la face, ses yeux étaient injectés de sang, et il tremblait de tout son corps comme un fiévreux.

Chaque mot de cette conversation entre les deux amants l'avait cinglé au cœur. Vingt fois, il avait été tenté de se ruer sur ce couple qui raisonnait si froidement l'amour, et toujours la crainte, cette stupide crainte du ridicule l'avait retenu, cloué derrière l'éventail des bruyères.

Il se retira prudemment, s'efforçant, dans l'ombre épaisse, d'éviter la défense des épines meurtrières.

Une fois seul dans la campagne, il eut tout loisir de philosopher. Une chose surtout l'angoissait, lui enfonçait en pleine chair des griffes du remords : il avait épousé une vierge, et, dans sa rage aveugle, il l'avait traitée comme une gourgandine. Ah ! s'il avait été patient ! S'il avait su refréner ses ardeurs charnelles ! Odette serait venue à lui, et il n'en serait pas aujourd'hui à déplorer l'irréparable.

Imbécile ! triple sot ! qui n'avait pas compris le mensonge d'orgueil de la jeune femme !

Mais non ! c'était impossible ! Odette était coupable, bien coupable, et si Darthez avait déguisé ses sentiments pour elle, c'était dans le but égoïste de ne pas perdre l'amour de Renée.

Oui ! là devrait être la vérité ! Mais lui, Bertrand, que ferait-il maintenant ? Attendrait-il jusqu'au lendemain pour contrôler les paroles du peintre ? Ou bien repartirait-il ? Tout bien pesé, il valait mieux s'en aller de nouveau, recommencer une existence aventureuse, loin de cette atmosphère de vice qui l'étouffait. Ses bagages étaient encore à la gare, il n'aurait que son billet à prendre. Où irait-il ? en Espagne ou en Italie ? Pourquoi plutôt à Florence qu'à Barcelone ? Les Italiens comme les Espagnols sont férocement fidèles, et leur jalousie tue. C'est peut-être ainsi que finira son roman.

A la gare de Lyon, le dernier train venait de partir, et Bertrand dut s'en retourner dans la fièvre de Paris.

III

Le lendemain matin, il déjeuna en hâte, puis, tout à coup, se rappelant le rendez-vous donné à Risétte, il pensa :

— Qu'est-ce que je risque ? Je saurai une bonne fois si ce maudit peintre n'a pas menti, je partirai ce soir.

Et, de nouveau, la lâcheté l'emporta sur le bon mouvement. A cinq heures précises, il trouva Risette à la brasserie.

— Suivez-moi en flâneur comme un monsieur qui voudrait me faire des propositions.

Elle trottinait en avant, se retournant parfois pour voir si Bertrand était toujours sur ses pas. Elle le fit monter dans l'appartement de Darthez par l'escalier de service, le poussa dans une chambre de débarras, lui glissant à l'oreille :

— Cachez-vous derrière ce paravent et attendez-moi. Je vous avertirai quand elle sera venue.

Resté seul dans ce réduit bizarre, capharnaüm de débris de plâtres, de vieilles toiles crevées, de palettes hors d'usage, il se sentit encore une fois profondément ridicule. Voilà donc où l'avaient conduit ses fières résolutions ? Et puis, que fera-t-il au moment psychologique ? Il se jettera sur les misérables et les tuera tous deux ? Mais, cette fois, il le comprenait bien, ce ne serait pas un acte courageux de réparation, mais un guet-apens froidement raisonné, d'une abominable lâcheté. De méchante humeur contre lui-même, contre Risette qui le faisait poser, il attendit, rageur, les minutes lui paraissant des siècles.

Le petit modèle trottant à travers l'escalier surveillait à la fois l'atelier et la chambrette où le pauvre mari se tenait coi. Elle n'avait garde de se montrer, s'assurant seulement par intervalles que le « monsieur » était toujours là, ne comprenant pas pourquoi la belle dame était si en retard. Enfin, lasse d'attendre, elle entrebâilla la porte du réduit, avança son minois de bohémienne fûtée.

— Je crois que tu te paies ma tête, dit Bertrand.

— Si on peut dire ! Ce n'est pas ma faute, à moi, si votre femme n'est pas à l'heure, je ne peux pourtant pas l'envoyer chercher. Elle ne viendra peut-être pas aujourd'hui.

— Alors ?

— Comme ce serait aussi dangereux pour vous que pour moi si on nous rencontrait ensemble dans cette maison, vous resterez chez vous, et je vous ferai signe quand il sera temps de revenir.

— J'aime mieux ça !

Le soir, tourmenté comme la veille par une soif d'apprendre, il retourna à Chaville. La villa des Loriots était muette et sombre, ses habitants étant sans doute restés à Paris. Il erra tristement par les bois ensommeillés, se demandant si, depuis deux jours, il ne vivait pas de la vie des hallucinés.

Si pourtant Darthez avait dit la vérité, s'il avait réellement mis son cœur à nu, dans cette conversation dont les moindres paroles lui revenaient maintenant, d'une lucidité intense. S'il n'avais jamais aimé Odette qu'à travers le brouillard d'un songe mystique, alors la jeune femme n'était plus coupable que d'une aberration de sentiments due à son éducation faussée, et lui, Bertrand, apparaissait cent fois plus blâmable. Oh ! si cela était, il n'aurait pas assez de larmes dans les yeux, pas assez de sang dans les veines pour obtenir le rachat de sa criminelle conduite. Mais cela n'était pas, cela ne pouvait pas être.

Ah ! il saurait bien à la fin, car il ne pouvait plus vivre, livré à ce doute horrible.

En quittant la gare Montparnasse, il descendit la rue de Rennes à pied.

Sur le trottoir il bouscula légèrement une dame de mise élégante, strictement voilée. Un même mouvement les amena face à face, et un double cri leur échappa.

— Bertrand !

— Clara !

— Oui ! c'est moi, dit la jolie ballerine, moi, Clara de Lisberg, qui ai quitté la Scala, repris mon véritable nom et mon indépendance.

— Et c'est ici que je te retrouve ?

— Ah ! tu comptais bien ne pas me revoir de sitôt ! Dis, pourquoi m'as-tu quittée si lâchement ?

— Mais... je te l'ai écrit... des affaires urgentes qui me rappelaient à Paris.

— Tu mens ! Regarde-moi donc, et dis-moi si je suis une de ces créatures qu'on choisit pour satisfaire à un besoin de vanité et qu'on rejette ensuite, quand on en a joui, comme on rejetterait un fruit rongé par le ver. Ah ! tu ne me connais pas encore ! Je t'aime, vois-tu, Bertrand, je t'aime plus que tout au monde, et maintenant que je te tiens, je ne te lâcherai pas comme ça.

Elle exprimait sans colère, d'une jolie voix chantante.

— Je suis arrivée à Paris ce matin, je t'ai cherché un peu partout, et je retournais à mon hôtel, rue de Rivoli, quand le hasard m'a mis en ta présence. Tu vois, il était écrit que nous nous reverrions.

Elle lui avait pris le bras, et il se laissait conduire, sans volonté. Cependant il réfléchissait sur ce nouvel avatar. Qu'allait-il faire ? La quitter une seconde fois ? Elle le retrouvait encore. Le mieux était de se laisser aimer, puisque celle-ci l'aimait vraiment. Plus tard, quand la satiété viendrait, eh bien ! il verrait à la lâcher proprement.

Elle avait relevé sa voilette, et elle lui souriait, radieuse, d'un bonheur inespéré, exquisement jolie.

— Tu ne m'a pas encore dit un mot aimable.

— Je t'admirais.

— Tu m'aimes donc un peu, dis ?

— Je t'adore.

Ils avaient marché au hasard, et ils se trouvaient à l'entrée du musée de Cluny, en un coin solitaire.

Elle murmura, toujours un peu boudeuse.

— Bien vrai, tu m'aimes toujours ?

Il l'étreignit, dans une fièvre, leurs lèvres se cherchèrent, et ils échangèrent un baiser d'ardente volupté.

IV

Le village de Saint-Prest s'est assoupi dans la paix du soir d'été, le soleil s'est couché à l'horizon dans un écroulement de pourpre, et ses reflets sommeillent sur la rivière silencieuse, mettent des traînées roses dans la dentelle des arbres. Une bande de corbeaux aux cris d'angoisse vole au-dessus de la plaine embuée de vapeurs d'or, entre les peupliers frissonnants.

Par les sentiers poudreux et qui s'emplissent d'ombre, passent les troupeaux alourdis, s'acheminant vers les étables, chassant parfois du sillon une alouette attardée qui monte tout droit dans le ciel en égrenant sa chanson larmoyante.

Et, dans la demeure seigneuriale, au fond de sa chambre de jeune fille, aux fenêtres grandes ouvertes par son ordre, Odette achève une existence marquée d'étapes de douleur. Ses cheveux fauves, d'une finesse morbide, s'écrasent sur l'oreiller de neige, ses yeux couleur de ciel sombre, regardent un infini insondable, et sur ses lèvres voltige un vague sourire.

Le baron et la baronne de Saverny sont prostrés au pied du lit, abîmés dans une douleur atroce.

Le docteur Mérijoux se tient au chevet, attentif aux moindres désirs de la moribonde.

Odette regarde toujours le même point fixe, et, comme à travers un voile de clarté, elle revoit ses années d'innocence, dans la splendeur des champs qui dorment sous la lumière blonde, parmi la douceur de l'azur que traversent de grands oiseaux muets, ces journées de son enfance, unies comme les eaux d'un lac, et ces nuits bercées de rêves roses.

Elle se sent revivre l'émotion de la première idylle, et le regret de la vie pleure dans son cœur. Mais au souvenir des tortures endurées, elle comprend que son âme était trop pure pour fleurir en cette vallée de mensonges et de lâchetés. Comme ces plantes délicates que le contact brutal des ronces égratigne jusque dans leurs fibres, et qu'un souffle d'orage couche vers le sol, le contact terrestre a meurtri son exquise sensibilité. Elle s'était d'abord repliée sur sa blessure, la dérobant à tous les yeux, puis tout à coup elle s'était flétrie, son parfum de jeunesse s'était évanoui.

Et, maintenant, elle songe à la fraîcheur du tertre où elle va reposer, à la douceur d'un sommeil éternel, sans rêves, parmi des verdures toujours nouvelles, dans l'enveloppement des fleurs ; elle songe à la beauté apaisante des contrées mystérieuses, aux bois sacrés entourés de crépuscule, aux eaux d'oubli qui coulent entre des rives sans fin ; elle se voit engloutie en un abîme d'obscurité et de silence, dans les délices du nirvâna.

Brusquement, elle se soulève sur sa couche, envahie d'une langueur qui fait courir un peu de sang sous ses joues diaphanes. Elle murmure, d'une voix douce comme une caresse de brise :

— Docteur... êtes-vous là ?

— Oui, mon enfant, je ne vous quitte pas.

— Je vais mourir... docteur... je le sais... et je suis bien heureuse... oui... bien heureuse.

Un double sanglot l'interrompt ; le baron et la baronne, toujours accroupis, sont secoués comme sous un vent de tempête.

— Taisez-vous, dit le docteur... ils souffrent trop.

— Pauvre père !... pauvre mère !... comme ils m'aimaient !... Moi j'avais fait un rêve de folie... mon âme avait rompu les liens qui l'attachent à la matière... les choses... toutes les choses humaines avaient fui de ma pensée, et, devant moi, je croyais voir se dresser l'immortelle, l'infinie beauté, celle qui n'est pas de ce monde... Des mélodies sublimes m'enivraient, m'emplissaient toute... puis mon être fut entraîné en des tournoiements de vertige... haut... très haut... au-dessus des cimes vierges où les aigles eux-mêmes n'osent s'élever, et pour avoir voulu fixer le soleil, je me sentais mourir lentement, par petites parcelles... sans pouvoir atteindre l'infini, l'absolu idéal...

Épuisée, elle se tut, secouée d'un hoquet ; le docteur Mérijoux se pencha sur elle, essuya l'écume qui filtrait à travers ses minces lèvres en filets sanguinolents.

En ce moment, un chemineau arrêté à la grille du château, psalmodiait, les yeux levés vers les fenêtres ouvertes.

— La charité, s'il vous plaît, ma bonne demoiselle !

— Le pauvre homme !... dit-elle d'une voix à peine distincte... docteur... jetez-lui une pièce d'or... il priera pour moi.

Le brave médecin, la face contractée par la douleur, courut à la fenêtre, lança un louis par dessus la grille, puis revint au chevet : Odette s'était endormie du sommeil définitif, bercée jusque dans l'au-delà par la gratitude marmottante du chemineau :

— Le Seigneur vous fasse bien heureuse, ma bonne demoiselle !

FIN

Paraîtra prochainement :

VAGUES D'AMOUR

par

RENÉ D'ANJOU

Imp. de la Bourse de Commerce (G. BUREAU), 35, rue J.-J.-Rousseau, Paris.